神奇柑仔店14

炫耀餅乾的副作用

文 廣嶋玲子 圖 jyajya 譯 王蘊潔

目錄

貓眼糖
誇誇糖
寶石硬糖
大眼蛙糖
大眼蛙糖
閃亮
金平糖
牧場
糖果套組
好冷好冷冰糖
幹勁
火種糖

序章

六條教授在自己的辦公室看著電腦。研究所內進行的所有實驗和數據，全都會傳到他的電腦上，他仔細確認完內容後，在腦袋中將各種不同的事重新組合，產生了新的點子和靈感。

但是，今天有人妨礙了他的思考。

突然響起的敲門聲打破了辦公室的寧靜。

「教授，請問現在方便打擾您一下嗎？」

「嗯，關瀨嗎？進來吧。」

教授露出親切的笑容回答。

門打開了，一個身穿白袍的男人戰戰兢兢的走了進來。

「怎麼了？你看起來好像憂心忡忡。」

「是。呃……教授，您上次說，目前蒐集的『錢天堂』商品樣本已經很充足，但聽說又要派神祕客去街上，計畫不是已經進入了最後階段嗎？為什麼還要這麼做？」

「喔喔，因為這次的目的不一樣。」

教授緩緩閉上了眼睛。

「之前我是想要了解『錢天堂』內到底有什麼樣的商品，但這次是想要從這些去過『錢天堂』的神祕客身上，蒐集某些數據。」

「要、要蒐集什麼？」

「我這次做了這個東西。」

教授從辦公桌的抽屜中，拿出一個像是手錶的東西，水藍色的布錶帶，一看就知道是便宜貨，看起來像是兒童手錶。

「雖然看起來是手錶，但裡面有特殊的感應器，可以測量他們對『錢天堂』商品的滿意度。」

「為、為什麼要這麼做？」

「當然是為了讓我們的計畫更加完美，而且這個數據可以發揮重要的作用。這次的神祕客我打算都找小孩子，因為小孩子的反應很坦誠，而且根據之前的數據顯示，小孩子成為那家柑仔店客人的機率比較高。目前我打算在全國各地的神社寺廟周圍，免費發放兒童用護身符，護身符裡面會放幾枚零錢，不知道拿到那些護身符的小孩子中，有幾個人能夠走進『錢天堂』。」

「……」

「對了對了，我還打算把超小型追蹤器縫在裝零錢的護身符中，因為這樣就不會被發現。帶著護身符袋子的小孩子走進『錢天堂』

後，那個老闆娘會說歡迎光臨『錢天堂』，只要說出那個店名，追蹤器的開關就會打開，然後開始運作。接下來就簡單了，只要追蹤那個追蹤器，就可以把這個手錶交給那個神祕客。」

「我、我反對。」關瀨鼓起勇氣說。

教授面帶笑容看著關瀨。

「嗯？你是不是說了什麼？」

「我說我反對。教授，您應該很清楚『錢天堂』的零食的確具備了魔法般的魔力，也因此造成很多人的不幸，可是現在您卻要讓小孩子去『錢天堂』。」

「現在說這些幹什麼？這都是為了研究，更何況你不是也讓自己的女兒去了『錢天堂』嗎？」

「正因為這樣，我才會說這些話。」

關瀨臉色鐵青的繼續說了下去。

「我女兒買『識人儀』回家時，我雖然驚訝，但也很高興又多了一件樣本。可是我越想越害怕，如果我女兒買到的是更危險的商品，不知道她會遭遇什麼事……教授，請不要再派神祕客進行調查了，樣本不是已經足夠了嗎？拜託您了。」

「好吧……」

教授很乾脆的點了點頭。

「既然你這麼說，那我來想一想其他方法。關瀨，不好意思啊，是我思慮不周。」

「不，您千萬別這麼說，我才不好意思，說了這些自以為是的意見……但是，教授，非常感謝您。」

「不，沒關係，你回去繼續做研究工作吧。」

「是。」

關瀨鬆了一口氣，走出了六條教授的辦公室。

門「砰」的一聲關上後，六條教授臉上的表情越來越可怕。他的眼神冰冷，露出和前一刻判若兩人的冷酷表情。

關瀨和彥很聰明，對研究也充滿熱忱，六條教授之前一直很中意這個助手，但沒想到他的想法這麼天真，實在太可惜了。最重要的是，六條教授對他竟然敢頂嘴感到很不滿意。

「我已經……不需要這個人了。」

六條教授小聲嘀咕著。

1 萬人迷麻糬

今年讀五年級的龍介，目不轉睛的看著鏡子中的臉，忍不住喃喃的說：「完全沒桃花……」

每次照鏡子，龍介都覺得自己長得並不差。他的身材不胖也不瘦，鼻子不高也不塌，牙齒也算整齊，只不過離英俊、帥氣的確有一段距離。

「唉唉，真希望可以像貴志一樣。」

龍介想起五年一班的同學貴志。

貴志個子很高，英俊瀟灑、帥氣逼人，雖然同樣是男生，龍介也覺得他俊美迷人，所以他桃花不斷。聽說不久之前，有一個六年級的學姐向他告白，但他說自己目前只愛足球，對女生完全沒有興趣，簡直太酷了，所以更加吸引女生。

貴志不時為自己總是成為女生目光的焦點嘆息，但龍介對他羨慕不已。不知道像他那樣桃花不斷是怎樣的感覺？真希望可以體會一下，哪怕只有一次也好。

這時，廚房傳來媽媽大喊的聲音：

「龍介，你要在廁所裡磨蹭多久？上學快遲到了！」

「我已經弄好了啦！」

龍介再度看了鏡子一眼，然後去拿書包。

但是，他走在上學的路上，也滿腦子都想著「怎樣才能增加桃花運呢？」也許就是這個原因讓他走錯了路。龍介回過神時，發現自己正獨自走在一條昏暗狹窄的巷子裡。

「啊？這、這裡是哪裡？」

他緊張的東張西望，但四周完全看不到人影，也聽不到任何聲音。於是他繼續往前走，想盡快走出這條巷子。

走了一會兒，他發現巷子深處有一家小柑仔店。那家柑仔店看起來很老舊，掛在店門口的木頭招牌感覺也很有歷史，但是陳列在店門口的零食和玩具，全都是他從來沒看過的商品。

龍介立刻被這家店吸引，走進柑仔店，忘記了必須去學校這件事。除了店門口有很多商品，店內也有琳琅滿目的零食。

那裡有「忍者薑片」、「熱帶燒」、「想要地瓜乾」、「醫生汽水糖套組」、「巫女罐」、「炫耀餅乾」、「合身花生」、「撒嬌脆棒」、「心動餅乾」、「妙筆鉛筆」、「貓眼糖」、「催眠蝙蝠」、「無聲梨」、「珠寶果凍」。

他又走到後方的小冰箱張望，發現冰箱裡有許多令人興奮的飲料：「挑戰柳橙汁」、「順暢蘇打水」、「與眾不同茶」、「演講果汁」。

「好讚啊！我挖到寶了！太有趣了！」

龍介興奮的打量著店內的商品。這時，一個女人從店內深處走了出來。

龍介不禁愣住了。那個女人很高大，簡直就像一座小山，而且她身材豐腴，體型和相撲選手不相上下，身上穿著一件古錢幣圖案的紫紅色和服，一頭白雪般的頭髮上，插著五顏六色的玻璃珠髮簪。但是，女人的年紀並不大，她豐腴的臉上完全沒有皺紋。

這個渾身散發出奇妙感覺的女人，對著龍介露出了笑容。

「歡迎光臨『錢天堂』，今天的幸運客人，我在此恭候大駕。」

女人的聲音悅耳動聽，但是說的話有點奇怪。

龍介不由得驚慌失措。

「呃、我……」

龍介結結巴巴的說不出話。女人再次笑了笑，紅色的嘴脣露出嫵媚的笑容。

「看來你還沒有找到自己想要的零食，如果你不嫌棄，紅子我可以代勞。請問你有什麼心願？任何心願都可以告訴我。」

老闆娘用甜美的聲音詢問，龍介一聽便脫口回答：

「我想要變成萬人迷。」

龍介說完之後，才猛然回過神，滿臉漲得通紅。太丟臉了！他甚至從來沒有在爸媽面前提過自己想要當萬人迷這件事。

但是老闆娘沒有笑，她一臉嚴肅的思考了一下。

「這樣啊，原來你想當萬人迷。『錢天堂』有兩款商品可以滿足你的需求，請問你要哪一款呢？」

「啊？」

「嗯，那你先來看一看，看完之後，再決定要買哪一款。」

老闆娘說完，在貨架上找出了商品，然後在龍介面前伸出雙手。老闆娘的右手上拿著一個塑膠袋裝的零食，塑膠袋是漂亮的桃紅色，上面印了很多可愛的心形，還寫著「萬人迷麻糬」幾個字。左手拿的是一個塑膠球，黃色的塑膠球裡好像裝了什麼，但從外面看不清楚。

龍介的心臟撲通撲通的狂跳。無論是塑膠袋還是塑膠球都很吸引人，不管裡面裝的是什麼東西，他都很想要。好想要，好想要。他迫不及待的想將這些商品占為己有。

老闆娘緩緩向他說明：

阿飄
罐
水果糖
萬人迷
麻糬

「這個袋子裡裝的是『萬人迷麻糬』，聽名字就知道，裡面裝的是麻糬，吃了之後，桃花就會變得很旺。而這個塑膠球裡面裝的是『帥哥面具』，只要戴在臉上，就可以馬上變帥哥，所以這款商品也絕對可以讓你成為萬人迷。請你從中挑選一個。」

「我、我……兩個都想要。」

「不行，『錢天堂』規定一個人只能買一件商品。」

「……」

龍介仔細比較著「萬人迷麻糬」和「帥哥面具」，既然兩件商品都可以帶來桃花運，這兩種商品到底有什麼不同？哪一件商品更適合自己？

龍介問老闆娘：「請問這兩件商品有什麼不一樣？」

「這是個好問題。如果你想用自己目前的長相走桃花運，就可以買『萬人迷麻糬』；如果你想成為絕世美男子之後走桃花運，那就建議你買『帥哥面具』。」

龍介再度陷入了沉思。

雖然成為絕世美男子也很讓人心動，但是突然變臉，同學可能會說：「你原來根本不是長這樣，你去整型了。」既然這樣，還是靠自己目前的長相走桃花運比較好。

龍介終於下定了決心，他看著老闆娘說：

「我要買『萬人迷麻糬』。」

「好，請付五十元。」

龍介覺得這個價格很便宜，但要付錢時才驚覺自己身上沒帶錢。

龍介著急的對老闆娘說：

「呃、呃，不好意思，我忘了帶錢包，我馬上回家去拿，你可以等我一下嗎？」

「咦？你沒有帶錢嗎？」老闆娘笑著搖頭說，「不不不，不可能，你身上一定有錢，你一定有昭和五十年的五十元硬幣。」

「我沒有騙你，我身上真的沒錢。」

「那這個護身符呢？我感覺裡面有寶物，你要不要打開看看，確認裡面有沒有錢？」

老闆娘指著龍介掛在書包上的護身符說。

「啊？這個嗎？」

龍介拆下護身符，把它拿在手上。

那是個在水藍色袋子上繡了「招福」兩個字的護身符，而且它並不是龍介買的。

一個星期前，龍介和其他五年級的學生參加戶外教學，去了一座很大的神社，有個年輕男人一面說著：「免費贈送守護幸福的護身符！」一面在神社門口發放。

龍介並不想要護身符，但是同學們都拿了，而且不用錢，所以他也接了過來。既然收下了，就不能隨便亂丟，所以龍介把護身符掛在書包上。

護身符的袋子裡真的有錢嗎？如果真的有錢，那就太好了。

龍介這麼想著，打開了護身符的袋子。他大吃一驚，因為裡面真的放了幾枚硬幣。

他急忙把錢拿出來，其中剛好有一枚五十元硬幣，於是他把錢交給了老闆娘。

老闆娘嫣然一笑說：

「很好很好，這的確是今天的幸運寶物，昭和五十年的五十元硬幣。『萬人迷麻糬』是你的了，但是請你格外小心，千萬不要誤會了走桃花運的意思。請你牢記一件事，只有具備品格，懂得善解人意，才能夠真正受人喜愛。」

「嗯、嗯？我知道了。」

龍介覺得老闆娘說的話很奇怪，但是他決定不予理會。他買到了「萬人迷麻糬」，現在簡直樂翻了天。

他接過塑膠袋，迫不及待的打開了，裡面是一個差不多手掌大的麻糬。粉紅色的心形麻糬表面灑了一些糖粉，看起來美味可口。

雖然他才剛吃過早餐，但是口水又忍不住快流下來了。

「我馬上就想吃，我一定要吃。」

龍介立刻張嘴吃了起來。

「好、好好吃！」

麻糬很Q彈，不會太軟，也不會太硬，口感好得沒話說，而且味道也很好吃。麻糬內好像加了覆盆子醬和鮮奶油，酸酸甜甜，濃郁的滋味妙不可言。

第一次吃到這麼好吃的麻糬。龍介陶醉不已，把嘴裡的麻糬全都吞了下去。

當他回過神時，發現自己正站在校門口。

「咦？這是怎麼回事？我什麼時候走來這裡了？」

自己什麼時候走出了那家柑仔店？他是怎麼走出那條巷子的？

正當他歪著頭納悶的時候，校舍傳來了響亮的上課鐘聲。

「慘了！快遲到了！」

龍介急急忙忙衝進學校，跑向五年一班的教室。

「早安！」

當他走進教室時，發現幾乎所有的同學，都已經坐在各自的座位上，而且大家都看著最後進教室的他。龍介忍不住低下頭，但又覺得有點不太對勁。

「嗯？好奇怪。」大家的眼神，尤其是女生的眼神和平時不一樣。該怎麼說呢？她們眼神發亮，而且充滿迷戀的看著自己。

這時，一個女生開了口。她叫梢惠，很會聊天，個性也很直爽，而且長得很可愛，所以是班上的紅人。

「龍介，你趕快去坐好，老師馬上就要來了。」

「嗯、嗯，謝謝。」

龍介向梢惠道謝，梢惠的臉頓時紅了，而且眼神也亮了起來。

龍介不知道這是什麼狀況，但還是到自己的座位坐了下來。他一坐下，前後左右的女生都同時對他說話。

「龍介，你的社會作業寫完了嗎？如果沒有，要不要我把筆記借給你抄？」

「下一節不是體育課嗎？我可不可以和你同一組？」

「你今天有空嗎？要不要一起去玩？龍介，沒問題吧？」

除了平時和他關係不錯的同學以外，之前根本不理他的女生也都主動來和他聊天。

龍介此時已經不是驚訝，而是感到害怕了。

「喂、喂！這是怎麼回事？為什麼突然變這樣？」

「你問我為什麼，我也不知道啊。」

「因為你很帥啊。」

女生們害羞的小聲笑了起來，然後開始竊竊私語，每個女生的眼神中，好像都閃著心形的光芒。

龍介突然恍然大悟。

這就是「萬人迷麻糬」的功效。柑仔店的老闆娘不是說過，只要吃了這款零食，就可以走桃花運嗎？雖然他原本不太相信，但沒想到老闆娘說的話是真的。

太棒了！龍介忍不住在心裡做出勝利的手勢。

放學後，龍介眉開眼笑的走回家。他的心情太好了，因為今天一整天，女生都圍著他轉，就連班導京子老師也對他特別溫柔。簡直就像置身天堂。啊！真慶幸自己吃了「萬人迷麻糬」，以後的學校生活都會很快樂，人生變成了彩色。他越想越開心。

「小弟弟，打擾一下。」

就在這時，龍介聽到有人叫他。他看向聲音傳來的方向，發現是一個陌生的年輕女人。年輕女人帶著一臉陶醉的表情，目不轉睛的凝視著他。

沒想到「萬人迷麻糬」連對陌生人也有效。龍介忍不住得意的問：「請問有什麼事嗎？」

「呃、啊，嗯……打擾一下，請問你今天是不是去了一家名叫『錢天堂』的柑仔店？」

年輕女人問了意想不到的問題，讓龍介嚇了一跳，他緊張的看著那個女人回答：

「我去了，但你為什麼會知道？」

「啊，你放心，我沒有要嚇你的意思。」

女人露出微笑，試圖讓他放心。

「不瞞你說，是『錢天堂』的老闆娘拜託我，她說自己忘了把附贈的手錶交給你，所以派我送來。」

女人說完，遞出一個銀色的小手錶。手錶的設計很時尚，不過是塑膠材質，真的有贈品的感覺。

龍介第一眼看到手錶就很喜歡，但他並沒有馬上接過來，反而問道：

「你怎麼會知道我在這裡呢？」

「老闆娘說只要來這裡，就可以遇到你。她說我會看到一個穿著綠色夾克的小帥哥經過，要我把手錶交給你。我只是替老闆娘跑腿……那個老闆娘很神奇。」

龍介想起那個高大的老闆娘，覺得眼前這個年輕女人說的很有道理。老闆娘的店裡有許多魔法般的零食，搞不好真的可以輕易知道龍介在哪裡。

於是，他欣然接過手錶後說：「謝謝你特地為我送來。」

「不客氣。老闆娘說，只要每天戴上這個手錶，就會有好事發生。啊，對了對了，如果電池沒電了，請把手錶裝進這個信封投入郵筒，老闆娘會馬上為你換上新電池，然後把手錶寄還給你。」

　　女人把一個牛皮紙做的小信封交給龍介，信封上寫著東京郵局的地址，還有「三十九號信箱」這幾個字。

　　龍介欣然收下了信封，馬上把手錶戴在手上。直到這時，他才發現這是自己第一次戴手錶，感覺自己好像稍微長大了一些。

　　龍介微笑著向女人道別後，得意洋洋的走回家裡。

　　那天之後，龍介簡直如魚得水，貴志根本不是他的對手。總之，他的桃花運簡直旺到了天邊，所有女生都在巴結他，送他各式各樣的禮物，想要博取他的歡心，還幫他寫功課，甚至有女生為了想要早一點和龍介約會，而和其他女生大打出手。

龍介被女生們捧在手心上，每天的心情都樂翻了天，覺得自己就像是國王。

所以他漸漸變得傲慢，也越來越刻薄，對女生吹毛求疵、口出惡言，還會毫不客氣的罵自己不喜歡的女生：「醜八怪，給我閃一邊去！」有些女生被他罵哭了，他卻完全無所謂的樣子。因為龍介身邊有很多漂亮的女生，所以沒必要對自己不喜歡的女生客氣。

他就這樣越來越任性，越來越自私……

有一次，龍介突然發現一件事。

每次看到班上的梢惠，龍介就會心跳加速，而且一看到梢惠和其他男生說話，他就會忍不住心煩意亂。

龍介終於發現了——

「原來我喜歡梢惠，所以不希望梢惠和其他男生當朋友。」

放學後，龍介趕走在他身邊打轉的女生，然後走向梢惠，開口命令她：

「梢惠，我讓你當我的女朋友，你不要再和其他男生說話了。」

龍介原本以為能夠被人見人愛的自己選中當女朋友，梢惠應該會很高興。

沒想到她露出發自內心的不屑眼神，瞪著龍介說：

「啊？你在鬼扯什麼？如果你是想開玩笑，這個笑話根本一點都不好笑。」

「咦？」

梢惠冷淡的反應完全出乎龍介的意料，他忍不住慌了手腳。

「但、但是，你、你、你……不是喜歡我嗎？你之前不是一直對我很好嗎？」

「是啊，但是現在看到你，我覺得很討厭。你讓我當你的女朋友？你以為自己是誰啊！真是太噁心了！以後不要再找我說話。」

梢惠說完，便轉身走出教室回家了。

龍介一片茫然，獨自留在教室內。

為什麼？自從吃了「萬人迷麻糬」，再冷酷的女生都會主動向他示愛。梢惠在今天之前，也和其他女生一樣，拚命想要吸引自己的注意力，但是當他好不容易下定決心要梢惠當自己的女朋友，她竟然惡狠狠的說自己「很噁心」，簡直就像變了一個人。

「這、這是怎麼回事？」

龍介完全搞不清楚狀況，但是他越想越氣，忍不住一腳踹向自己的課桌。

「咚！」桌子倒在地上，原本放在抽屜裡的東西全都散落一地，其中也包括一個桃紅色的袋子，那是「萬人迷麻糬」的包裝袋。即使吃完了麻糬，龍介也捨不得把袋子丟掉，一直把它塞在課桌的抽屜深處。

龍介看到袋子大吃一驚，因為袋子背面居然寫了滿滿的文字。

他撿起袋子，閱讀上面的文字。

只要吃下「萬人迷麻糬」，就會讓你變得人見人愛。但是，只有兼具品格和溫柔的人，才能夠維持「桃花運」。如果因為自己受歡迎就對其他人惡言相向，會受到被自己真正喜歡的人討厭的懲罰，千萬要牢記這件事。簡單的說，曾經對別人態度惡劣幾次，就會被自己真正喜歡的人拒絕幾次。

怎麼會有這種事？龍介忍不住尖叫。

「這……我不知道有這種事，慘了，這下子真的慘了。」

自己到底罵過幾個女生？啊啊，想不起來，因為他罵過太多女生了，所以根本無法計算。這也代表著，龍介以後被自己喜歡的女生拒絕的次數也會數不清。

之後還要被真心喜歡的女生狠狠拒絕多少次？唉，早知道會這樣，他就不吃「萬人迷麻糬」了。

「嗚嗚哇哇哇！」

龍介抱著頭痛哭了起來。

尾谷龍介，十一歲的男生，昭和五十年的五十元硬幣。

2 嗆辣櫻桃

小學一年級的幸二，不敢吃辣的食物。他當然不敢吃芥末，就連原味咖哩也因為有點辣味而不敢吃，所以哥哥謙一總是嘲笑他。

謙一比幸二大三歲，最近很愛吃辣的食物。他吃生魚片一定要沾芥末醬油，還會津津有味的吃加了黃芥末醬的洋芋沙拉，然後嘲笑不敢吃這些食物的幸二是「小毛頭」。

此刻，謙一也在幸二面前大口吃著加了黃芥末醬的熱狗。

「啊啊，真好吃！加了黃芥末醬根本是人間美味！幸二，你果然是小毛頭，實在太可憐了，沒辦法體會這麼好吃的滋味。」

幸二很生氣的反駁：

「你夠了沒有！不要整天叫我小毛頭、小毛頭！」

「那你就趕快吃給我們看啊，不是你對媽媽說，要吃加黃芥末醬的熱狗嗎？」

「嗚嗚……」

幸二忍不住噘著嘴，但一旁的媽媽對他說：

「幸二，你不用勉強自己，媽媽再重新為你做一個熱狗，這個加

了黃芥末醬的就給媽媽吃。好不好？就這麼決定了。」

「不要！」

事到如今，無論如何他都要在哥哥面前吃這個熱狗。

幸二拿起自己的熱狗，放進嘴裡。好辣！

他才咬了一口，黃芥末醬的味道就從鼻子衝向腦袋，辣味同時在舌頭上擴散，簡直就像著了火。

幸二急忙大口喝牛奶，謙一對弟弟露出得意的笑容說：

「我就知道，小毛頭沒辦法吃這種東西，真是太丟臉了。」

「謙一，不要說這種傷人的話！你去那裡！」

「好吧。」

謙一挨了媽媽的罵，笑著逃走了。

幸二很懊惱，眼淚都快流出來了。他不想被媽媽看到他哭，於是急忙離開了餐桌。

「幸二，你要去哪裡？媽媽再幫你做一個新的熱狗。」

「我不要，我要去散步。」

幸二穿上夾克，逃跑似的衝出了家門。

唉，真希望自己可以面不改色的吃辣，他要吃得比哥哥更辣，然後奚落哥哥：「你連這個也不敢吃？真是小毛頭！」

不知道是不是因為他邊走路邊想這些事，當他回過神時，發現自己來到一個陌生的地方。

那是一條狹窄的巷子，巷道內很安靜、很昏暗，完全看不到其他人。巷子深處，有一家小小的柑仔店。

店門口放了很多從來沒有見過的零食，它們全都發出閃亮亮的光芒。

「啊？這、這裡是哪裡？」

幸二大吃一驚，走向那家柑仔店。

這時，一個高大的人影從店裡走了出來。那是一個女人，個子很高，身材很豐腴，穿了一件古錢幣圖案的紫紅色和服，頭髮上還插了很多玻璃珠髮簪。

幸二看不出她的年紀，因為她的頭髮像雪一樣白，但皮膚就像小孩子般光滑細膩。

她對幸二笑了笑，用悅耳的聲音說：

「幸運的客人，歡迎大駕光臨，歡迎你來到『錢天堂』。」

她說話有點奇怪，幸二聽了，再次嚇了一跳。

「錢、錢天堂？」

「對，這是本店的名字，我是老闆娘紅子。來來來，請進，店裡

也有很多零食，都是我的得意商品。」

幸二在紅子的邀請下走進店內。

紅子老闆娘說得沒錯，店裡的零食和玩具琳琅滿目。

所有貨架上都放了滿滿的零食，後方的櫃臺上也有裝滿五顏六色糖果和軟糖的瓶子，天花板上掛滿了面具、飛機、貼紙等商品。

「哇啊啊啊啊！太驚人了！我從來沒有看過這些東西！」

「呵呵呵，這是當然的啊，因為『錢天堂』的商品，全都是在本店地下室的工房生產的，是只有在本店才能夠買到的獨特商品。好了，先不說這個。」

紅子老闆娘露出興奮的眼神說：

「今天的幸運客人，請問你有什麼心願？任何心願都可以告訴我。」

幸二聽了她甜美的聲音，忍不住坦誠說出內心的願望。

「我希望可以臉不紅、氣不喘的吃辣的東西。」

「原來是這樣。」紅子老闆娘點了點頭，「嗯，這樣的話……那款零食應該符合你的需求。請你稍候片刻。墨丸、墨丸，請你把『嗆辣櫻桃』拿過來。」

紅子老闆娘對著後方大聲叫著，一隻很大的黑貓走了出來。牠有一雙看起來很聰明的藍色眼睛，嘴裡叼了一個小瓶子。

紅子老闆娘得意的說：

「牠叫墨丸，是本店的店貓。啊，墨丸，辛苦你了。」

紅子老闆娘從墨丸嘴裡接過小瓶子，遞給了幸二。

瓶子裡裝了透明液體，還有一個帶梗的櫻桃。鮮紅色的櫻桃，上頭好像有橘色火焰般的圖案。

「這個商品是『嗆辣櫻桃』，以前裝在袋子裡，這次改裝在瓶子裡，把超辣的櫻桃浸泡在超甜的糖漿中。只要吃下『嗆辣櫻桃』，再辣的食物也會變得美味無比，所以我認為很適合你。」

「我要買！我要買這個！」

幸二大叫了起來。他一看到「嗆辣櫻桃」就很想要，即使要花一輩子的零用錢才能買到，他也絕對要買。

「請問要多少錢？」

「十元。」

「那我付得起。」幸二才剛這麼想著，卻立刻想到自己身上沒錢，他忸忸怩怩的對紅子老闆娘說：

「那個……我現在身上沒有帶錢，我會馬上回家去向媽媽拿！請你把『嗆辣櫻桃』收好，千萬不要賣給別人！」

香脆棒

紅子老闆娘笑了起來。

「哎喲，你先別急，你不需要回家，因為你身上一定有錢。」

「但是，我真的……」

「不，你一定有，你一定有今天的幸運寶物，平成二十年的十元硬幣，否則你不可能來到『錢天堂』。」

幸二完全聽不懂紅子老闆娘在說什麼，但是老闆娘叫他仔細找一找，他只好把手伸進長褲和夾克的口袋裡翻找起來。

「咦？」

幸二在夾克口袋裡摸到了硬硬的東西，他急忙拿出來一看，忍不住大吃一驚。

「是、是十元！」

「對不對？我就說你身上一定有錢。」

「我想起來了。昨天我剛好在路上撿到硬幣就直接放進了口袋，之後就忘記了。」

無論如何，這下子終於可以買「嗆辣櫻桃」了。幸二急忙把錢交給紅子老闆娘。老闆娘接過錢，笑著說：

「好，沒錯，這是今天的幸運寶物，平成二十年的十元硬幣。『嗆辣櫻桃』就交給你了。」

「謝謝！」

幸二欣喜若狂的接過「嗆辣櫻桃」，就衝出了錢天堂。因此沒有聽到紅子老闆娘對他的叮嚀：「其實有一件事希望你注意……」

他衝出巷子，來到住家附近的路上。

幸二緊緊握住「嗆辣櫻桃」的瓶子，一路跑回家。

他一回到家，媽媽立刻迎上來說：

「幸二，你回來了，肚子是不是餓了？要吃熱狗嗎？」

「等一下，我要先去廁所！」

幸二說完，就躲進了廁所。如果被哥哥看到「嗆辣櫻桃」，他可能會說「給我」，所以躲進廁所最安全。

他坐在馬桶上，看著「嗆辣櫻桃」看得出神。

「這個真的很厲害。」

他第一次看到這麼大、這麼漂亮的櫻桃，絕對很好吃。

幸二打開瓶蓋，抓著櫻桃的梗，把果實放進嘴裡。

「啊！」

櫻桃就像剛炒好的栗子般熱熱的，不，是很辣。他忍不住感到害怕，很擔心舌頭會燙傷。

但是，辣味很快就消失了，因為裹住櫻桃的糖漿很甜，滲進了原本感到很辣的舌頭，讓人立刻有一種幸福的感覺。

「真好吃！」

幸二慢慢咀嚼櫻桃，每咬一口，都能感受到奇妙刺激的味道。

他吃完了果肉，把籽吐出來之後，覺得只吃櫻桃太浪費了，於是就把瓶子裡剩下的糖漿全部喝掉。

「啊，真好吃，我還想吃一百個。」

幸二嘀咕著，把瓶子藏在口袋裡，走出了廁所，然後大聲對著正在廚房的媽媽說：

「媽媽，剛才的熱狗呢？」

「啊？還在這裡啊，你要吃嗎？」

「嗯！」

幸二急忙坐在餐桌旁，拿起了剛才沒吃完的熱狗。

「我開動了！」

幸二張大嘴巴咬了一口，發現自己完全不覺得辣，舌頭也沒有麻麻的感覺，更神奇的是，加了黃芥末醬的熱狗，比原味的熱狗好吃好幾倍。

「好吃！」

媽媽忍不住一臉擔心的看著吃得津津有味的幸二。

「幸二，你不必逞強，不需要勉強自己吃辛辣的食物。」

「不，我是說真的！真的很好吃，加了黃芥末醬的熱狗太好吃了！」

「哎喲，你為什麼突然改變了口味？」

「嘿嘿，我已經不是小毛頭了。啊，媽媽，今天晚上要吃炒飯嗎？可不可以在我的炒飯裡加韓國泡菜？」

「我的天啊！」媽媽目瞪口呆。

不過這時，幸二已經大口吃完了熱狗，然後在內心偷笑。

「哥哥，你等著瞧，今晚我要讓你大吃一驚。」幸二心想。

那天晚上，謙一看到餐桌上的食物，立刻瞪大了眼睛。

「媽媽，今天的炒飯全都加了韓國泡菜嗎？」

「因為幸二說他的也要加。」

「幸二這麼說？」

謙一看向身旁的弟弟說：

「你腦袋有問題嗎？怎麼可能一下子就敢吃泡菜炒飯？」

謙一立刻開始嘲笑幸二，但是幸二看著哥哥說：

「哥哥，我們來比賽。」

「啊？為什麼突然找我比賽？」

「我是說，我們來比賽誰吃的泡菜炒飯比較多，誰可以吃了泡菜炒飯不喝水。」

「你的腦袋真的有問題。好啊，我無所謂，輸了也不能哭喔。」

「我才不會哭。」

幸二得意的笑了起來。

晚餐時間，幸二和謙一都在自己的盤子裡裝了滿滿的泡菜炒飯。

「我開動了！」

幸二大口吃了起來。

這是他這輩子第一次吃泡菜炒飯，實在是太好吃了。吃了「嗆辣櫻桃」之後，似乎越辣的東西，就會越好吃。幸二覺得「嗆辣櫻桃」的威力實在太強了，然後轉頭看向謙一。

謙一的臉漲得通紅，似乎在拚命忍著不喝水。

幸二想要向謙一展示「嗆辣櫻桃」的威力，於是在配菜的涼拌豆腐上加了滿滿的芥末。

謙一的表情僵住了。

「喂喂喂！你不要逞強了。」

「我才沒有逞強，我想這樣吃。」

「你絕對不可能吃得下去。」

「我當然可以，不信你看我吃。」

幸二把大量的芥末連同豆腐一起放進嘴裡。

「嗯！好吃！啊，真是太好吃了！哥哥，你沒辦法體會這種美味真是太可憐了。」

「哪、哪有這種事，我也敢吃啊！」

謙一也和幸二一樣，在豆腐上加了很多芥末，但是芥末的味道太嗆，謙一只吃了一口，就忍不住捏著鼻子跳了起來。

「嗯！嗯嗯嗯！」

「你在幹麼？趕快喝水、喝水！」

謙一拚命喝水，哭喪著臉。幸二對著謙一得意的說出了他一直想要說的話。

「哥哥，怎麼回事？你竟然連芥末都不敢吃，你果然是小毛頭。」

那天晚上，幸二大獲全勝。

那天之後，幸二每天都在謙一面前大啖辛辣食物。

如今，任何辛香料都難不倒幸二，他甚至可以面不改色的吃下一整根辣椒。

爸爸和媽媽每次都驚訝的看著幸二。謙一也完全失去了自信，不再叫他「小毛頭」。

「你為什麼突然不怕辣了？」

謙一有氣無力的問幸二，幸二絕對不想把實話告訴哥哥。「嗆辣櫻桃」是只有自己知道的祕密，如果謙一知道這個祕密，可能又會嘲笑他「原來是靠魔法零食的威力」，他再也不想被哥哥嘲笑了。

唯一可惜的是，他再也找不到那家神奇柑仔店了。

他想再去一次「錢天堂」，所以找了很久，但是不知道為什麼，不管他怎麼找就是找不到那家店，也從來沒有在街上遇見過紅子老闆娘。

「那該不會是一輩子只能去一次的店吧？感覺很有可能，因為那個柑仔店的紅子老闆娘好像會魔法。」

雖然有點失望，但他至少已經買到「嗆辣櫻桃」，這樣就足夠了。幸二這麼告訴自己。

幾天之後，附近的商店街舉辦週年慶活動。很多商店都有特賣活動和遊戲，幸二聽說還有獎品，於是決定和謙一一起去看看。

商店街人山人海，熟食店正在舉辦半價優惠活動，寵物店也提供了金魚和青鱂魚讓大家玩撈魚遊戲。

就在這時，幸二聽到了吆喝聲。

「來喔來喔，『超級無敵辣咖哩對決』馬上就要開始了！韋馱天西餐廳特別製作了『地獄咖哩』，只要吃一口，就會辣得嘴巴噴火！只要吃完一整碗，就可以獲得一萬元獎金！來喔來喔，有勇氣的人、有自信的人，歡迎來挑戰！」

地獄咖哩？還有一萬元獎金？

幸二和謙一好奇的走向聲音傳來的方向。

商店街後方的廣場上，放了好幾張長桌子和椅子，桌上鋪了白色的布，每張椅子前都放了寶特瓶裝的水。

幸二聞到了咖哩的味道。真不愧是地獄咖哩，光聞味道就覺得喉嚨有點刺痛。

地獄咖哩一定超級無敵辣。謙一的身體忍不住抖了一下。

「哇，這很不妙。你應該也沒辦法吃地獄咖哩。」

「沒這回事！我要去挑戰！」

「你別傻了！」

「別管我，哥哥，你就在一旁看著。」

幸二生氣的說完後，跑向報名處。報名處的工作人員看到幸二，露出了擔心的表情說：

「地獄咖哩真的非常辣，我勸你還是打消這個念頭，否則你會辣到哭出來。」

「我不怕！我超喜歡吃辣，我不會哭，請讓我參加！拜託了！」

「好，那你就挑戰一下。你去桌子旁找空位坐下來。」

「好！」

幸二立刻跑到桌子旁，在椅子上坐了下來。

除了幸二，還有一個大學生哥哥、一個據說是嗜辣的阿姨，以及一位很會忍耐的空手道道場老師，總共有四個人挑戰地獄咖哩。

當所有挑戰者都坐下後，咖哩立刻送了上來。

「哇！」幸二看到送上來的咖哩，忍不住大吃一驚。

這是怎麼回事？明明是咖哩，卻整盤都紅通通的！而且在紅色的咖哩中，還可以看到綠色的尖椒和墨西哥魔鬼椒。

幸二目瞪口呆的看著咖哩，主持人笑著說：

「各位，這就是特製的『地獄咖哩』！裡面加了各種辛辣的食材，如果覺得自己不行了，請馬上舉手，隨時可以放棄。現在就請各位開始享用！」

挑戰者紛紛拿起湯匙，開始吃咖哩。

那個大學生哥哥才吃一口，就發出了「啊！」的慘叫聲，馬上決定放棄。

很會忍耐的空手道老師勉強吃了四口，但是他的臉漲得像煮熟的章魚一樣紅，最後趴在桌子上不動了。

只剩下嗜辣的阿姨和幸二兩個人還在比賽。

那個阿姨不愧是愛吃辣的人，她吃了不少咖哩，但是表情看起來越來越痛苦，臉都皺成了一團，拿著湯匙的手也在發抖。

只有幸二面不改色，因為他覺得越辣的食物越好吃，他從來沒有吃過像「地獄咖哩」這麼好吃的料理。

只不過幸二的身體越來越熱，汗如雨下，讓他有點傷腦筋。他

超級辣
咖哩對決

身上的T恤已經溼透了，整個胃好像要燒了起來。

這時，那個阿姨放下了湯匙。

「我、我我放棄！」阿姨大聲叫著，然後大口喝水。

參賽者只剩下幸二一個人。

「好厲害……那個孩子太厲害了。」

「他不怕辣嗎？」

「哇喔，哇哇哇……」

幸二在眾人的注視下，緩緩把最後一口吞了下去。

「啊，謝謝款待！」

周圍響起一陣歡呼聲。

「好厲害！真是太厲害了！出現了一個超強小學生！少年郎，恭喜你！這一萬元獎金非你莫屬！」

幸二接過獎金，在心裡笑了起來，這真是太棒了。以後可以經常報名參加這種挑戰吃辣的比賽，這樣就可以賺到很多零用錢。啊，真是太慶幸自己吃了「嗆辣櫻桃」。

幸二心滿意足的回到謙一身旁。

「哥哥，我們先回家，我想讓媽媽看我拿到的獎金。」

「對、對啊，最好不要帶著一萬元在身上到處亂走。」

於是，兄弟兩人一起走回家。沒想到——

走到半路時，幸二的肚子突然咕嚕動了一下。

「嗯？」

他有一種不妙的感覺，必須馬上回家。幸二加快了腳步。

「喂，幸二，幹麼走那麼快！」

謙一驚訝的問，但是幸二沒有理會他。

咕嚕咕嚕咕嚕咕嚕……

幸二覺得好像有一條蛇在肚子裡竄來竄去，他要上廁所！

幸二摸著屁股，終於回到家裡，然後直奔廁所。

「噗啦啦啦、嘩啦嘩啦、噗！」

巨大的衝擊，讓他以為自己的屁股要爆炸了。

「嗚啊啊啊！」幸二忍不住發出了慘叫，「好痛好痛，痛死我了！燒起來了，我的屁股快燒起來了！」

他覺得自己的屁股在噴火，痛不欲生，讓他忍不住哇哇大哭了起來。但是即使他大哭大叫，情況也完全不見好轉。

兩個小時後，幸二終於搖搖晃晃的走出了廁所。

「我快……死了。」

幸二重重倒在自己的床上。雖然肚子不痛了，但是他現在渾身無力，而且屁股仍然發出陣痛，今天可能沒辦法坐在椅子上了。

幸二好像殭屍一樣躺在床上，謙一擔心的問他：

「你還好嗎？」

「我不好……為什麼會變成這樣？」

「因為你吃了那麼辣的咖哩，當然會吃壞肚子。」

「不，不可能啊，因為我已經吃了『嗆辣櫻桃』。」

「『嗆辣櫻桃』？那是什麼？」

「……」

「喂，你快說啊，那是什麼？」

謙一不停的追問，幸二終於說了實話。

他告訴哥哥，自己去了神奇柑仔店「錢天堂」，在那裡買了名叫「嗆辣櫻桃」的商品。因為吃了「嗆辣櫻桃」，所以他再也不怕吃辛辣的食物。

「怎麼可能會有這種魔法般的事？」謙一聽了依然不相信幸二說的話，於是他從書桌抽屜裡拿出「嗆辣櫻桃」的空瓶子，把它交給謙一。

謙一瞪大了眼睛。

「就是這個嗎？」

「對啊，『嗆辣櫻桃』原本就裝在這個瓶子裡。」

「是喔，雖然我還是不太相信……但是說起來的確很奇怪，你突然開始愛吃辣的東西，我就覺得有問題，原來只是因為吃了有魔法的零食。」

謙一在說話的同時，把拿在手上的小瓶子轉來轉去，仔細打量瓶身，然後他突然停止動作，深深的嘆了一口氣。幸二歪著頭問：

「哥哥，怎麼了？」

「你真是太傻了，你沒有看瓶底嗎？」

「啊？」

「上面寫得很清楚啊，你自己看。」

幸二接過小瓶子後翻了過來，發現瓶底貼著一張白色貼紙，上面用很小的字寫了以下的內容：

一旦吃了「嗆辣櫻桃」，任何辛辣的食物都難不倒你，但是要小心一件事，如果不懂得節制，一天吃超過相當於十根尖椒的辛辣食物，屁股就會噴火。

「啊啊啊！」幸二趴倒在床上。

怎麼會這樣！沒想到竟然有這種陷阱！早知道會這樣，他絕對不會去吃什麼「地獄咖哩」！

看到幸二大受打擊，謙一起初覺得很好笑，但他突然露出嚴肅的表情開口說：

「我問你，你為什麼要去買『嗆辣櫻桃』這種東西吃？」

「因為你每次都說我是不敢吃辣的小毛頭。」

「你根本不必在意這種事，因為……我在小學一年級的時候和你一樣，不管是芥末還是黃芥末醬，我都比你更不敢吃。」

「是、是嗎？」

「對啊，但我現在終於敢吃了，所以才會高興得故意調侃你。對

不起。」

謙一道歉後，緊接著又說：

「但是那家柑仔店好像很有意思，我也想去看看。」

「我也很想再去一次，但是……我找了很久，都沒有找到。」

「你怎麼可以輕易放棄？好，明天之後，我和你一起去找。如果找到那家店，我們再一起去買有趣的零食。」

幸二看著哥哥發亮的雙眼，稍微打起了精神。

幸二很喜歡哥哥這種個性，雖然他經常調侃自己，但是在自己沮喪失落時，哥哥總是會鼓勵自己重新振作起來。「嗆辣櫻桃」能讓自己體會到這件事，果然很厲害。

「幸好我買了『嗆辣櫻桃』。」幸二打從心裡這麼想。

入間幸二，七歲的男孩。平成二十年的十元硬幣。

3 送禮扇

「這次該怎麼辦呢？」俊子嘆著氣嘀咕著。

她最討厭的中元節（注）即將到來。

俊子覺得中元節和年底的送禮季節很可怕。她並不討厭送禮物給曾經照顧自己的師長和親戚，她煩惱的是不知道該挑選什麼禮物。

既然要送禮，當然希望對方收到禮物後會高興，只不過每個人喜歡的東西不一樣，所以真的令人很煩惱。

結婚至今，她已經當了三十年的家庭主婦。

她每年還要張羅送給丈夫上司的禮物，但至今仍然對送禮這件事很沒有自信。因為「不知道別人喜不喜歡我送的禮物」，所以每年一到送禮季節，她就會苦惱不已。

「我記得去年寄了果凍禮盒給坂田先生，因為他喜歡吃甜食，所以這次可以送果汁禮盒。吉住太太就像往年一樣，送高級毛巾禮盒。倉田叔叔就送酒，這次也許可以考慮送葡萄酒。但是……最煩惱的還是不知道要送公公什麼。」

俊子很怕她的公公，也就是她丈夫的父親。她的公公沉默寡言，總是板著臉，不知道在想些什麼。就連丈夫——公公的親生兒子，也總是苦笑著說：「我搞不懂我爸爸。」

俊子每逢中元節和歲末都會送禮物給公婆，婆婆每次都會打電話來道謝，但是從來沒有聽過公公表達任何感想，所以俊子總是提心吊膽，很擔心公公不喜歡自己寄去的禮物。

丈夫總是漫不經心的說什麼「隨便選一個禮物就好」，因此和他討論也沒用，必須自己想辦法解決。俊子為這件事感到很有壓力，但還是決定去百貨公司挑禮物。

一走出門外，悶熱的空氣就包圍了全身，熾熱的陽光讓俊子感到頭暈。

「已經是大熱天了，唉，我真不想出門。」

俊子撐起陽傘，走向百貨公司。

但是，也許是因為她很不甘願出門，也可能是因為吹來的熱風讓她失去了方向感，她竟然走錯了路，走進一條陌生的小巷子。

「哎喲哎喲，真傷腦筋，我竟然會走錯路，真是太丟臉了。」

她東轉西轉，卻遲遲找不到出口，走不出那條巷子。

走著走著，她發現了一間柑仔店。

哎呀，俊子忍不住露出了笑容。

「好久沒有看到柑仔店了，最近柑仔店越來越少……錢天堂？這家店的招牌很漂亮，而且特別有氣氛，只不過開在這種巷子深處，應該很少有小孩光顧吧？」

俊子一邊嘀咕著，一邊走向那家店。她從小就很喜歡柑仔店，眼前這家店讓她回想起小時候的心情，忍不住越來越興奮。

當她看到那家店的商品時，興奮的心情就更加強烈了。

這些零食都很誘人。大瓶子裡裝滿了糖果和銀幣巧克力，好像寶石般閃爍著光芒。看起來像白骨的「愛你入骨鈣片糖」，像貓眼一樣的「貓眼糖」，還有鮮豔條紋圖案的「毒蛇果凍」。

除此之外，還有「空空豆」、「炫耀餅乾」、「暈頭轉向蘇打餅」，總之，全都是一些從來沒有見過的商品。牆上還貼著「『滑溜溜雪酪』有貨」、「『鬧鬼冰淇淋』上市了」的貼紙。

撲通撲通撲通撲通，俊子覺得自己心跳加速。

這裡可以買到自己真正想要的東西。她沒來由的產生了這個念頭。然後，她真的找到了。

那件商品夾在「回家蛙」和「醫生汽水糖套組」中間，正在呼喚俊子：

「我在這裡，趕快看我，快把我拿起來，這是特別為你製作的。」

俊子覺得那件商品在聲聲呼喚她，她情不自禁的拿了起來。

那是一把看起來很廉價的小折扇，白色的紙黏在塑膠骨架上。她打開看了一下，白色的扇面上沒有圖案，也沒有畫畫，是一把非常樸素的折扇，但是俊子無法把折扇放回貨架。

「就是它，我就是為了這把折扇才來這家店。」

正當她直覺的這麼認為時，一位高大的老闆娘從店內走了出來。老闆娘可能比普通的男人還要高一個頭，而且也很福態，整個人氣勢十足。她身上的紫紅色和服有著古錢幣的圖案，看起來很瀟灑，插在頭髮上的許多髮簪也很時尚，又不會太過花俏。

老闆娘看起來很年輕，但是她那一頭白髮，讓人完全看不出她的年紀，既像是很年輕，又好像上了年紀。

這位神奇的老闆娘手上拿著一個大啤酒杯，裡面裝了咻咻冒著氣泡的飲料。她大白天就開始喝啤酒嗎？俊子忍不住感到驚訝，但是她接著發現飄來的味道並不是啤酒，而是更加清新的氣味。

老闆娘對她嫣然一笑。

「哎喲，有客人上門啦，那就晚一點再來品嚐『橄欖球啤』的味道。」

老闆娘說完，把啤酒杯放在櫃臺上，走向俊子說：

「咳咳，歡迎你來到『錢天堂』。啊！你已經找到自己想要的商品了。」

老闆娘看著俊子拿在手上的折扇這麼說，俊子則像小孩子般用力點著頭。

「我想買這個。」

「好的、好的，你要買『送禮扇』。」

「送禮扇？」

「對，這很適合經常煩惱不知道該送別人什麼禮物的人，如果你想買這把扇子，價格是一百元。」

柑仔店的東西就是實惠，這麼迷人的商品竟然只要一百元。

傻子感到讚嘆的同時，拿出了皮夾。她覺得拿零錢很麻煩，於是遞了一千元給老闆娘，沒想到老闆娘不收。

「不好意思，請你用平成三年的一百元硬幣支付。」

「平成三年的？但我不知道有沒有。」

「你一定有這個年分的硬幣，你一定有。」

老闆娘露出嫵媚的眼神，讓傻子感到有點害怕。她拿出零錢包找了一下，沒想到真的有平成三年的一百元硬幣。

傻子覺得太不可思議了，於是把錢交給老闆娘。老闆娘欣喜若

狂的說著什麼「今天的寶物」，但是傻子根本沒有聽清楚。

「我已經付了錢，『送禮扇』就是我的！」傻子心想。

傻子實在太開心了，忍不住笑了起來。柑仔店的老闆娘用甜美的聲音小聲對她說：

「牌子背面寫了使用方法，請仔細閱讀。」

老闆娘的聲音，和她說出口的話都產生了回音，好像遠處響起的鐘聲。

傻子猛然回過神，抬起了頭，「哎喲！」她忍不住驚叫起來。

這也難怪，因為她發現自己竟然站在家門口。她剛才瞬間移動了嗎？不對，她可能是在做白日夢。但是，她手上的確拿著「送禮扇」。

傻子發現扇子在手上後，頓時覺得其他的事都不重要了。她急忙走進家門，坐在沙發上，仔細打量手上的「送禮扇」。

她越看越覺得這把扇子很像便宜貨，只能當成小孩子的玩具，但是它散發出迷人的魅力，緊緊抓住了傻子的心。

這到底是什麼？

傻子拿起掛在握把處的吊牌，藍色的牌子上用很美的紫色墨水寫了以下的內容：

送禮雖然是一件開心的事，但也很費心思。這種時候，請務必使用「送禮扇」，可以提升你挑選禮物的品味，選出最適合對方的禮物，送禮送到對方的心坎裡。使用方法很簡單，只要想著對方，打開這把「送禮扇」搧幾下，扇面上就會浮現答案。

「怎麼可能？」俊子忍不住吐槽，「這種不切實際的事情會發生？那個老闆娘還真會開玩笑……但、但是，我來試一次看看？反正天氣很熱，我正想搧搧風。」

俊子為自己找了藉口，然後打開「送禮扇」。她的腦海中最先浮現了公公皺著眉頭的臉。

「無論送什麼，婆婆都會很高興，所以婆婆不是問題，但是公公的話……送他什麼禮物，他會感到高興呢？」

俊子想著要送能讓公公露出笑容的禮物，然後用扇子搧了兩、三次。雖然這把扇子一看就知道是便宜貨，但是使用的感覺很舒服，搧出來的風也很柔和。

俊子有點陶醉，不經意的看向「送禮扇」，立刻大吃一驚。原本白色的扇面上，竟然浮現了紫色的字。

「啊！怎、怎麼回事？真的有字出現了！」

俊子在驚訝的同時，看著扇面，上面寫了這麼一行字：

「夏琳夫人的布丁」。

「啊啊啊啊！」俊子忍不住驚叫起來。

「夏琳夫人」是最近電視上經常介紹的一家甜點店。不過這件事不重要，重要的是公公竟然想吃布丁？不可能吧？比起甜食，公公更愛喝酒，實在難以想像他吃甜食的樣子。

俊子感到驚訝的期間，「送禮扇」上的文字變得越來越淡，最後消失了。

於是，俊子再試了一次。

公公。總是皺著眉頭，不知道他在想什麼的公公。他到底喜歡什麼禮物？

她在問「送禮扇」的同時搧了起來，扇面上又出現了同樣的文字：夏琳夫人的布丁。

結果和剛才一樣，俊子決定相信「送禮扇」。

「偶爾大膽嘗試一下也沒關係，如果公公不滿意，下次再更用心就行了。好，接下來問『送禮扇』，送田邊先生什麼禮物比較好。」

俊子接連想了幾位要送禮的對象，詢問「送禮扇」，然後把答案抄在便條紙上。

罐頭禮盒、火腿、薑糖漿、咖啡。

她當然也訂了「夏琳夫人」的布丁寄給公公。

俊子今年中元節送的禮物大受好評，大家收到她寄出的禮品後，都紛紛打電話向她道謝。

「你怎麼會知道我剛好想要這個？」

「我家的咖啡剛好用完，你送來的咖啡簡直就是及時雨。」

「我之前就一直想試試薑糖漿，沒想到就收到你寄來的禮物，太感謝了。」

聽到大家發自內心的感謝，俊子喜出望外，心情好像飛上了天。

最令人高興的是，她接到了公公的電話。公公可能很喜歡收到的布丁，他在電話中小聲的說：「布丁很好吃，謝謝你。」

俊子高興得忍不住想要跳舞。

「我買這把『送禮扇』真是買對了，這樣年底送禮也不用發愁，到時候再拜託啦。」

俊子小心翼翼的把「送禮扇」放進書桌的抽屜裡。

夏去秋來，秋天也結束，迎來了冬天。轉眼之間，又到了年底送禮的季節。

但是俊子這次充滿期待，因為有了「送禮扇」這個法寶，送禮這件事根本難不倒她。

俊子充滿信心的從抽屜裡拿出「送禮扇」。

「先問公公的禮物。今年過年我們沒辦法回公婆家，至少要送出能讓他們滿意的禮物。『送禮扇』，萬事拜託了。」

她打開扇子，想著公公搧了幾下，扇面上立刻出現了文字。

「出現了、出現了！又出現了！」

俊子欣喜若狂，正打算把扇面上的文字抄下來，卻猛然停下了動作。「送禮扇」上寫著「冰淇淋」，但是這幾個字讓她感到不太對勁，勾起了她記憶深處的往事。

「冰淇淋……我記得公公不喜歡吃冰的。三年前，中元節回家探親時，我記得他曾經說過吃冰淇淋會牙齒痛，所以向來不吃……」

但是，「送禮扇」上明確寫著「冰淇淋」三個字。

謹慎起見，俊子又試了兩次，但是兩次都出現了「冰淇淋」。

嗯……俊子煩惱了起來。

怎麼辦？既然是「送禮扇」的答案，那麼應該不會錯，但是也不能忽視公公說過的話。怎麼辦？該怎麼辦？

她猶豫了很久，最後終於做了決定。

「我記得公公之前說到冰淇淋時，臉上的表情不是很開心，還是不要送他冰淇淋比較好。我再好好思考要送公公什麼禮物，其他人的禮物就交由『送禮扇』決定。」

俊子在寒冷的天氣裡走到百貨公司，她決定送公公和婆婆各一雙室內鞋。

那是深綠色和酒紅色的室內鞋套組，鞋子的外形很時尚，鞋子裡面蓬鬆柔軟，看起來很溫暖，而且鞋底還有貼心的防滑設計，讓老人家不容易滑倒。

「穿上這雙室內鞋，即使冬天在走廊上走動，也不會覺得寒冷了。如果穿拖鞋，腳很容易著涼。」

俊子暗自覺得自己挑到了出色的禮物。

然而——

接下來的幾天，她陸續接到幾通朋友說收到歲末禮物的電話。

但是，俊子感到有點不太對勁，因為大家在電話中說話的聲音聽起來都有點客套。雖然他們都說「很高興收到你寄來的禮物，謝謝你」，但是不像之前中元節那樣，是發自內心感到高興的感覺。

這次送的禮物沒有送到對方的心坎裡嗎？不可能會有這種事，因為自己送的都是「送禮扇」為他們挑選的禮物。

俊子感到很不安，於是把「送禮扇」拿了出來，仔細檢查了一下。她以為扇子可能有哪裡撕破了，導致影響了效果。

扇子完好如初，但她發現了其他問題。在扇子的塑膠骨架上，雕刻了很淡的文字：

注意：僅限夏天使用。

俊子無力的癱坐在地上。

「只、只有夏天可以使用……怎麼會這樣？」

沒想到會有這樣的陷阱！因為只有夏天會使用扇子，其他季節無法發揮作用，所以才會出現那些亂七八糟的答案嗎？果真是這樣的話，俊子這次送出去的禮物，親友們可能都不喜歡。

這個打擊太大了，讓俊子抱住了頭。

正當她沮喪不已時，收到了一封限時掛號信。寄信的人是婆婆。

「謝謝你送我們這麼暖和的室內鞋！爸爸很喜歡，每天在家裡都穿著。」

信中還附了一張照片，俊子看到照片，立刻笑了起來。

照片上，穿著深綠色室內鞋的公公，正舒舒服服的坐在沙發上打瞌睡。

小湊俊子，五十八歲的女人。平成三年的一百元硬幣。

注：日本中元節，一般在八月十三至八月十六日，又稱為盂蘭盆節。日本人在此節日會互相送禮，也會返鄉祭祖。

4 研究員的決心

關瀨和彥感到很絕望。

這兩個月以來，他沒有做任何像樣的工作。以前他總是研究項目的中心人物，現在卻整天做一些誰都可以做的雜務。像是打掃、收拾其他同事用完的工具，或是整理資料。

有時候甚至連這些工作都沒機會做，他只能坐在辦公室角落的桌子旁。

這種情況讓他感到很痛苦，覺得自己快撐不下去了。

「早知道就不要向六條教授提意見。」

這不知道是他第幾百次感到後悔了。

在這個研究所，六條教授就是國王。因為之前和彥提出了和六條教授相反的意見，所以六條教授很生氣。

那天之後，六條教授對他的態度就很冷淡，把他當成空氣，也對他說的話充耳不聞。

從某種意義上來說，不理不睬可能是最傷人的行為。

但是，研究所內完全沒有人袒護他，大家反而仿效起教授，都不理會他。

原本以為是朋友的同事，現在卻露出蔑視的眼光看自己；以前總是叫自己學長，找自己幫忙的學弟，現在卻很不客氣的對他說：「關瀨，幫我倒杯茶。」和彥發現他們的眼神中都帶著竊喜，不由得感到不寒而慄。

他食不下嚥，整個人瘦了一大圈。這一陣子他早上都起不來，一想到要出門到研究所上班，胃就開始抽痛。

「乾脆辭去研究所的工作算了。」雖然他曾經這麼想過，卻無法下定決心。

他覺得一旦辭去研究所的工作，自己就一無所有了。想到要放棄至今為止辛苦建立的一切，從零開始，他就感到害怕不已。他必須養家餬口，照顧妻子和女兒，所以只能硬著頭皮繼續留在這裡。也許、也許有一天教授會改變，也許他會重新把自己視為得力助手。

和彥帶著這樣的期待，咬牙忍耐著每一天。

有一天，一名比他晚進研究所的後輩對他說：

「關瀨，請你把這個箱子搬到第二會客室旁的小房間，反正你也閒著沒事，沒問題吧？」

對方狗眼看人低的態度讓和彥很生氣，但他沒有吭聲，默默搬起那個箱子。

他拿起箱子時，忍不住吃了一驚。因為箱子並不大，分量卻很重，他忍不住問後輩：

「箱子裡裝了什麼？」

「喔，就是那個外形像手錶，可以測量滿意度的感應器。最近那些神祕客，都陸續把手錶寄回來了。」

「啊？」

「研究所把零錢裝在護身符的袋子裡，最近在全國各地的神社寺

廟附近，派人免費發放給小孩子，然後再把手錶外形的感應器，交給去過『錢天堂』的小孩，讓他們戴在手腕上。因為有特殊設計，經過幾天之後，手錶的電池會自動耗盡，那些小孩就會把手錶寄回來，要求我們更換電池。」

和彥感覺到自己頓時臉色發白。

「這個計畫不是取消了嗎？六、六條教授知道這件事嗎？」

「哪有什麼知不知道，這是教授的主意，實驗的數據資料已經蒐集得差不多了，接下來就要開始執行計畫，不過這件事可能和你沒什麼關係。」

後輩露出一抹蔑視的笑容，然後轉身離去。

但是，和彥愣在原地無法動彈。沒想到當初他不惜惹教授生氣，大膽向教授提出「請不要再使用小孩子當神祕客」的意見，一切努力都白費了。他的內心突然湧現了強烈的憤怒。

教授是個冷酷的人，完全不在意自己所做的事是否會犧牲他人。自己之前竟然會相信、尊敬那種人，而且還追隨他到現在。

他無法再繼續欺騙自己。

「我要辭職離開這裡，沒錯，我要辭職。」和彥心想。

「但是必須有人阻止教授，否則這個計畫真的會開始執行，到時候……啊啊，真的會很不妙！」

和彥絞盡腦汁思考，終於他靈光一閃，想到了一件事。

他悄悄尋找準備發給小孩子的護身符放在哪裡，幸運的是，他發現那些護身符都放在很少有人出入的儲藏室。

和彥趁人不備，溜進了儲藏室，然後神不知鬼不覺的開始做某件事……

5 時間萊姆片

「啊啊啊，好忙啊！神啊，請多給我一點時間！」

華鈴忍不住嘆著氣叫了起來。

學校每天都有很多功課，而且放學之後，她還要去補習和學才藝。星期一和星期四要上英語課，星期二和星期三要去補習班，星期五學游泳，星期六要學鋼琴，只有星期天才可以休息。

去上才藝班中途的休息時間，她可以玩遊戲、看漫畫，但這種

快樂的時光總是轉眼之間就結束了。

華鈴並不討厭讀書和學才藝，反而樂在其中，但升上小學六年級後，要比之前花更多時間讀書，讓她的壓力越來越大。

真希望有更多時間，讓她可以喘口氣。

這種想法越來越強烈，於是那天要去補英文的時候，華鈴終於蹺了課。她假裝去英語補習班，但偷偷走向另一條路。

雖然蹺了課，但她仍然感到心神不寧。

自己做了壞事，如果被媽媽知道一定會挨罵。她滿腦子都在擔心這件事，卻仍然不想去上課，一直漫無目的的在街上閒晃。

這時，華鈴好像聽到有人在叫她。

她停下腳步，抬起了頭，發現馬路旁有一條小巷子，昏暗的巷子很長，完全沒有人影，一直延伸到深處，簡直就像是通往森林的小路。

如果是平時，華鈴絕對不會走進去，但是今天她突然覺得這條巷子太迷人了。

「好誘人的巷子，我無論如何都想走進去看看。」

她帶著出門探險般的激動心情走進了巷子，然後來到巷子深處的一家柑仔店前。

那家店掛著「錢天堂」的招牌，店門口陳列的零食不計其數。華鈴就像發現了寶藏一樣，目不轉睛的打量著那些商品。

這時，她聽到了「啪答啪答」的聲音，一個高大的女人匆匆忙忙的從後方跑了出來。

老闆娘長得又高又大，不知道她是不是有染髮，她頂著一頭雪白的頭髮，穿了一件漂亮的紫紅色和服，頭髮上插了很多髮簪，感覺很時尚，但是手臂上搭著一件摺起來的白色道服。

華鈴大吃一驚，老闆娘似乎也嚇了一跳。她瞪大了眼睛，自言自語的說：

「哎呀哎呀，我正要去練空手道……好，沒關係，當然要以客人為優先，練空手道稍微遲到一下沒關係。」

然後，老闆娘對著華鈴笑了笑說：

「幸運的客人，歡迎光臨，歡迎你來到『錢天堂』，請進、請進。」

華鈴想要拒絕。老闆娘正打算去練空手道，如果因為自己的關係而遲到，未免太可惜了。雖然她在心裡這麼想，但是等到回過神時，才發現自己已經走進了柑仔店。

店內簡直就是寶藏屋，所有貨架上都陳列著零食，牆壁和天花板上也掛著貼紙、飛機、玩具和面具。

眼前的景象讓華鈴驚訝得說不出話來，老闆娘用甜美的聲音詢問她：

「我可以為你找出適合你的零食，請問你有什麼心願？」

心願？她目前最大的心願當然就是……

華鈴不加思索的脫口回答：

「我希望生活可以過得更悠閒，我想要有喘息的時間。」

「喔喔喔，這樣啊，原來是這樣。」

老闆娘注視著華鈴的臉，她的眼神好像看到了華鈴的內心深處，華鈴不由得害怕起來。

不一會兒，老闆娘點了點頭說：

「你看起來的確壓力很大，既然這樣，有一款很適合你的零食，應該能滿足你的心願。」

老闆娘說完，從貨架上拿了一樣東西，遞到華鈴面前。

那個商品看起來像是切片的萊姆，用透明的保鮮膜包了起來。萊姆的外皮是鮮豔的綠色，中間則是黃色，上面用巧克力畫了時針和分針，指針的前端是箭頭的形狀。萊姆片上撒了砂糖，看起來閃閃發亮。

華鈴頓時感到口乾舌燥。

「我想要！我想要這個！」華鈴心想。

內心湧現的欲望，讓她感到全身都有點刺痛。

老闆娘小聲的對華鈴說：

「這是『時間萊姆片』，很適合忙不過來的人。只要吃了它，就可以有充分的休息時間，你想買這個嗎？」

「我、我想買！」

「價格是五百元。」

五百元的價格有點貴，但是華鈴完全沒有猶豫。

只要能買到「時間萊姆片」，即使花光存在撲滿裡的所有零用錢也沒有關係。

只可惜華鈴身上沒帶錢，她想趕快回家拿，卻被老闆娘叫住了。

「不急不急，請等一下，你先不要急。根據我的觀察，你身上一定有錢。比方說，你要不要看一下這個護身符裡面有沒有錢？」

老闆娘說的護身符，是不久之前華鈴去參加神社的廟會，在那裡拿到的。水藍色的袋子上繡了「招福」兩個字，因為她的書包上掛了奶奶送給她的護身符，所以就把水藍色的護身符掛在上英語補習班用的背包上。

消消
口香糖
60個裝
招福

華鈴沒有發現老闆娘眼睛一亮，她打開護身符，發現裡面竟然真的有一枚五百元硬幣。

她欣喜若狂，把錢交給了老闆娘。

「很好很好，這是今天的幸運寶物，平成三十一年的五百元硬幣。對了，這個護身符是在哪裡買的？」

「這個嗎？它是別人送的，在神社的廟會免費發放。」

「這樣啊，之前也有其他客人拿了相同的護身符來店裡，如果這是巧合，那也未免太……不，這種事不重要。來，這是你的『時間萊姆片』。」

「謝謝！」

「背面有說明書，請你仔細看清楚。」

「好！」

華鈴終於買到了「時間萊姆片」。她樂不可支的接了過來，興奮得臉都紅了。她很想馬上就吃，卻發現老闆娘一直看著她，這才想起老闆娘要她看說明書這件事。

華鈴把「時間萊姆片」翻了過來，發現保鮮膜上貼了一張很大的白色圓形貼紙，上面用小字寫了以下的內容。

「時間萊姆片」的使用方法。在享受快樂時光前，唸一次「時間加倍」，就可以用比平時多一倍的時間，充分享受快樂時光。如果唸「時間快轉」，就可以讓時間過得很快。無論是哪一種情況，在結束時都要說一次「時間停止」。如果忘了這個咒語，就直接說另一個咒語，一整天都會陷入時間延遲，必須格外小心。

華鈴平時讀參考書和課本都讀得很仔細，所以她也讀了兩次說明書的內容。

原來是這樣，只要吃了「時間萊姆片」，就可以讓快樂的時間變成兩倍；相反的，也可以縮短自己不喜歡的時間，但是如果「時間延遲」會發生什麼事？

華鈴有點不安，打算向老闆娘確認，但是當她抬起頭時卻大吃一驚，因為老闆娘已經不見蹤影，柑仔店和不計其數的零食都消失不見了。

華鈴站在空無一人的巷子內，轉頭看向後方，看到了大馬路。

那是她很熟悉的街道。

自己是在什麼時候回到這裡的？

「好、好像在做夢……」

但是，她手上拿著「時間萊姆片」，證明剛才這一切並不是在做夢。

「好！」華鈴下定了決心。

雖然有點不安，但她決定吃下「時間萊姆片」試試看。她清楚的知道，而且明確體會到「時間萊姆片」絕對有神奇的力量，絕對是自己需要的能力。

她現在要馬上吃，吃了之後，再試用一下這種能力。如果有什麼負面影響，要是沒什麼大不了的，只要以後不再使用就行了。

華鈴小心翼翼的把貼紙撕下來，從書包裡拿出英語筆記本，貼在筆記本的封底。只要貼在這裡，就可以隨時重新確認。貼完之後，她才撕開保鮮膜。

清新的萊姆味道頓時撲鼻而來，讓她口水都快流下來了。太香了！華鈴激動不已，咬了一小口「時間萊姆片」。

「哇！太好吃了！」

卡滋卡滋。砂糖的口感很美妙，萊姆獨特的清新香氣和酸酸甜甜的味道，就像音樂在她的嘴裡綻放，宛如一陣風進入她的身體，但美妙的香氣卻一直留在嘴裡。畫成時針和分針的巧克力帶有淡淡的苦味，和萊姆簡直是絕配。

華鈴以前從來沒有吃過這麼好吃的東西。她吃得津津有味，等到回過神時，才發現自己已經把「時間萊姆片」吃得一乾二淨。

「吃完了。早知道就慢慢吃，這樣才可以細細品嚐。」

華鈴舔著手指，有點遺憾的這麼想。不知道是不是吃了「時間萊姆片」的關係，她覺得心情很好。輕快的心情讓她覺得任何事都難不倒自己，這一定是「時間萊姆片」的力量進入了她的身體。

好想趕快試一試。

華鈴先去了圖書館。她很愛圖書館，每次都很希望可以慢慢挑書，然後好好看一下，只不過時間都過得很快，一下子就要回家了。她希望今天有時間可以好好看書。

她走進圖書館時，先看了一下時鐘。現在是四點半，五點半要回到家，所以五點就要離開圖書館了。也就是說，她只有三十分鐘的時間。

她吸了一口氣，悄悄說了一句：

「時間加倍。」

「嘎答。」她聽到了好像齒輪咬合的聲音。

華鈴緊張得左顧右盼，但是周圍完全沒有任何變化。

「我就知道，不可能發生這種好像做夢一樣的事。」

雖然有點失望，但她還是在書架之間走來走去找書。剛好，她找到了一本想看的書，便隨手翻閱起來。原本她只是想稍微看個幾頁，沒想到故事比她想像得更有趣，她一頁接著一頁看了起來。

「啊！慘了！」

華鈴猛然回過神時，嚇得臉色發白。

自己看書看了多久？故事已經接近尾聲，所以時間一定已經過了很久。

她慌忙看向時鐘，不禁瞪大了眼睛。四點四十五分，離剛才確認時間竟然才過了十五分鐘而已。

怎麼可能會有這種事？華鈴在內心大叫起來。無論她再怎麼想，時間絕對已經超過了三十分鐘。

這時，她發現了一件事。是「時間萊姆片」的力量，讓她在圖書館的時間變成了兩倍。

「原、原來是真的！」

華鈴太高興了，眼淚在眼眶中不停打轉。

從今以後，快樂的時光可以加倍享受，和朋友聊天的時間，假日出門玩樂，還有休息的時間都可以延長。

這麼一想，她覺得樂翻了天。

她用剩下的時間看完書，又說了一句「時間停止」，帶著愉快的心情走回家裡。

但是一進家門，她就發現媽媽露出可怕的表情在等她。

「華鈴！你今天沒去上英文課，對不對？老師剛才打電話來家裡，這是怎麼一回事？」

慘了。華鈴忍不住低下了頭。

沒想到蹺課的事這麼快就被媽媽發現了。啊，媽媽用力皺起了眉頭，一定會滔滔不絕的罵很久，好煩啊！

這時，華鈴靈機一動。

沒錯，現在正是使用「時間萊姆片」的大好時機，就讓挨罵的時間快轉吧。「時間萊姆片」剛才讓時間延長了，所以一定也能讓時間快轉。

總之，先試了再說。華鈴小聲的嘀咕：「時間快轉。」

「嘎答、嘎答。」輕微的聲音連續響了兩次。

媽媽說話的速度變得很快，根本聽不到她在說什麼。

華鈴愣住了，這是怎麼回事？時間感覺真的在快轉。

她有點害怕，急忙說了聲：「時間停止。」

媽媽說話的速度立刻恢復了正常。

「華鈴，你聽到了沒有？」

「啊、啊？」

「你不可以蹺課，下次不可以再這樣，知道了嗎？」

「嗯。」

華鈴用力的點了點頭。

「我保證，我再也不會蹺課了。」

她有了「時間萊姆片」的力量，可以縮短自己不喜歡的時間，也可以延長自己覺得快樂的時間，有了這麼驚人的能力，她高興得不得了。

「好，以後我要盡情使用，做很多開心的事。」

那天之後，華鈴每天都使用「時間萊姆片」的力量。

在可以玩遊戲的休息時間，或是假日出去玩的時候，她都會偷偷的說：「時間加倍。」

在學一些她不是那麼喜歡的才藝，或是上課很無聊時，她就會說：「時間快轉。」

有了「時間萊姆片」之後，華鈴每天的生活都很快樂，也不再有之前那種忙得快要窒息的感覺。

而且還有另一件令人開心的事。在買了「時間萊姆片」的隔天，她從補習班放學回家時，有一個陌生的女人叫住了她。那個女人說「錢天堂」的老闆娘，請她把「時間萊姆片」附贈的手錶贈品送給華鈴。

那個女人交給華鈴的手錶很好用，所以華鈴去學校的時候也戴著它。

可能因為手錶是便宜貨，才戴了沒幾天，電池就沒電了。華鈴把手錶裝進那個女人同時交給她的信封中，投進了郵筒。只不過寄出之後等了很久，一直沒有收到寄回來的手錶。不知道是受騙上當了，還是在郵寄途中遺失了。

不過，華鈴即將參加中學考試，所以她最近沒空在意這種事。

現在放學後，華鈴很少和同學一起去玩，媽媽也不准她去圖書館，並且暫停上游泳課，但是去補習班的日子增加了。

就連難得的星期天，也必須在家讀書，為中學考試做準備。總之，華鈴每天都在讀書。

因為壓力太大了，所以華鈴一天會說好幾次「時間快轉」。

「啊啊，好累啊……如果沒有『時間萊姆片』，我搞不好根本撐不下來。」

華鈴發自內心這麼想。

但是某個星期天，爸爸竟然對華鈴說：「你今天不必讀書了。你最近很用功，偶爾也要放鬆一下。今天我們開車出去兜兜風，再吃些好吃的東西，好不好？」

「太棒了！」

「那就趕快出門吧。」

「好！」

華鈴心花怒放。

她已經有好幾個月沒有坐爸爸的車子出門兜風，一家人也很久沒有出去玩了。既然這樣，當然要唸一下那個咒語。

華鈴和爸爸、媽媽一起坐上車時，說了已經有很久沒說的「時間加倍」這個咒語。難得出門玩，她想延長快樂的時間，好好享受一下。

和爸爸、媽媽一起兜風很開心，華鈴坐在車上，心情愉快的看著窗外的風景，一邊和爸爸、媽媽聊天。

車子很快就開上了高速公路，但是車流量突然增加，車速也慢了下來，最後他們陷在車陣當中動彈不得，遇到了塞車。

「哎呀哎呀，這下子傷腦筋了。」

「爸爸，塞車會塞多久？」

「不知道，我猜可能要三十分鐘左右，你們想不想上廁所？」

「現在還不想……」

車子無法動彈，華鈴坐在車上感到很無聊。她心急如焚，覺得自己快窒息了。

「啊，我受不了了！我才不想像這樣浪費時間。」華鈴心想。

「時間快轉。」華鈴唸了咒語。這樣就搞定了，可以一下子縮短塞車的時間。

華鈴忍不住得意的笑了起來，等待車子再次前進。但是等了很久，車子仍然塞在高速公路上。難道前面發生了很嚴重的車禍嗎？

沒想到偏偏在今天出遊的時候遇到，運氣真是太差了。

這時，華鈴想要上廁所。距離剛才爸爸詢問已經過了很久，會想上廁所也很正常。

「爸爸，我想上廁所。」

「啊？你十分鐘前不是才說不想上嗎？」

華鈴聽了爸爸的話大吃一驚。

十分鐘？怎麼可能？無論怎麼想，都至少已經過了一個小時。

華鈴看著車上的數位時鐘，現在是十點二十三分。

她注視著時鐘，在心裡默默數到「六十」。但是，當她數完了

60
10:24

六十，時鐘上的數字仍然沒有改變。

於是，她又從一數到六十。

就這樣，她重複數了十次，時鐘才終於變成十點二十四分。

華鈴驚訝得張大了嘴，因為她發現，別人的一分鐘相當於自己的十分鐘。

到底是怎麼回事？為什麼會變成這樣？之前使用「時間萊姆片」，從來沒有發生過這麼奇怪的事。

「啊！」華鈴突然想起了一件事。

她想起「時間萊姆片」的說明書上，好像有提到這件事。如果在結束時忘記說「時間停止」的咒語，就直接說下一個咒語，就會陷入時間延遲。

出門兜風時，華鈴說了「時間加倍」的咒語，結果剛才直接說了「時間快轉」。因為她很想擺脫塞車，太性急了，不小心忘了先說「時間停止」的咒語。

意思就是，她現在陷入了時間延遲嗎？時間拉長，變成了正常時間的十倍？

而且，她記得說明書上好像還寫著「時間延遲會持續一整天」，所以今天一整天都會持續這樣的狀態。

啊，慘了，好想上廁所。

「爸爸！拜託你！我要上廁所！我要上廁所！」

當華鈴大叫時，車子才終於動了起來。

這一天，華鈴體會了前所未有的漫長兜風，因為長時間坐在座椅上，她屁股都痛了，而且也有點暈車。

爸爸和媽媽也有點不高興。因為華鈴一下子吵著要上廁所，一下子又吵著要喝水，每次都只能停下車子。

「今天一路上都在團團轉，一點也不好玩。」爸爸忍不住嘟囔。

「沒想到你竟然每隔十五分鐘就要上一次廁所，而且才剛吃完飯，又說肚子餓了。華鈴，你今天怎麼了？」媽媽忍不住擔心的問。

但是，華鈴只能沉默不語。因為她知道，即使說了實話，爸爸和媽媽也不會相信。

她並不是每隔十五分鐘就想去上廁所，而是隔了兩個半小時，而且距離上次吃飯已經有七個小時了。

華鈴滿臉疲憊的看著窗外，從出門到現在已經過了九個小時，但太陽還高掛在天空，兜風還沒有結束。

她沒辦法對爸爸和媽媽說：「我好累，我想回家。」只能重新在座椅上坐好。

她發自內心想著：

「唉，我以後絕對不會再隨便使用『時間萊姆片』的力量了，所以老天爺請救救我，讓爸爸和媽媽趕快說：『差不多該回家了。』」

華鈴在內心祈禱的同時，又想去上廁所了。

糸井華鈴，十二歲的女生，平成三十一年的五百元硬幣。

6 鮮鮮乳酪蛋糕

「老公，你又買破爛回來了！」

仙司聽到太太大聲吼叫，忍不住縮起了腦袋。

「因、因為這次真的物超所值，這是寶物，價格也超便宜。」

「破爛當然很便宜啊。」太太語帶嘲諷的說。

仙司有點生氣的反駁：

「才不是這樣，這是真品，我的眼光錯不了！」

「你每次都這麼說，至今為止，買過幾次假貨了？古伊萬里的譚子呢？花二十萬買的掛軸呢？還有莫名其妙的金色佛像呢？這些不都是假貨嗎？」

「呃……」

「唉，真是的！你好不容易退休，終於有了自由的時間，原本還想可以經常出門去旅行，結果你整天亂花錢，真的太讓人生氣了！你為什麼會去喜歡什麼爛古董！」

「你問我為什麼，我也……」仙司低頭嘀咕著。

沒錯，仙司目前很熱衷蒐集古董。起初是因為剛好去逛跳蚤市場，在那裡買了一個看起來像是放在盆栽下的老舊小盤子，價格只要一百元。

他拿給一位喜歡古董的朋友看，沒想到對方大驚失色，說那是很有名的陶瓷工藝品，收藏家可能願意出四十萬元收購。

仙司聽了，立刻迷上了古董。原來在一堆看似破爛的東西裡隱藏著寶物，從中尋找有價值的古董，簡直就像是在挖寶。

那天之後，他整天前往各地的跳蚤市場和古董市集，每次看到中意的東西就忍不住買下來，想著：「只要培養眼力，以後就有機會去參加『寶物鑑定』這個節目。」

「寶物鑑定」是一個猜謎節目，節目的來賓都是一般民眾，主辦單位會在節目上要求來賓，從這些展示品中，挑出最值錢的古董，並且猜出大概的價格。這個節目很紅，仙司每週都會準時收看。他眼前的目標和夢想，就是參加這個節目，並且獲得優勝。

只不過事情沒有他想像的那麼簡單，除了最初買的那個盤子是真品以外，之後買的東西全是一文不值的假貨。每次得知自己又買到假貨，仙司就發誓：「下次我一定不會再上當！」於是又花了很多錢購買他以為的古董，結果家裡的破爛越堆越多。

而且因為這樣，他和太太的關係也開始產生問題，但他仍然不願意放棄蒐集古董，也不知道該怎麼辦。

既然太太怒氣沖天，那他就先溜出門再說。

「我、我要出門去散步。」

仙司衝出了家門。即使他在外面亂逛，心情也無法好起來。

「我果然沒有眼光嗎？看來要去上『寶物鑑定』根本是遙不可及的夢。話說回來，夏子這個女人，為什麼不能理解我的興趣？她之前不是也很迷古董娃娃，買了不少一點都不可愛的舊人偶嗎？她每次都把我罵得狗血淋頭，我無論如何都要爭一口氣！」

仙司悶悶不樂的走在街上，當他回過神抬起頭時，不禁大吃一驚。因為他發現自己來到一個完全陌生的的方。

那裡似乎是巷子的深處，眼前有一家柑仔店。柑仔店掛著寫了「錢天堂」的氣派招牌，整家店看起來歷史悠久，很有情調，就像是古董一樣。

其中最吸引人的，就是排放在店門口的零食。

有「快樂堅果」、「興奮期待威化餅」、「冒號馬卡龍」、「懶骨頭小圓餅乾」、「彩虹麥芽糖」、「嫉妒烤麻糬」、「天下無敵甜甜圈」、「電閃雷鳴米香酥」、「長髮公主椒鹽捲餅」、「大雪紛飛雪花糖」等等。

每一件商品都令人興奮不已。仙司簡直就像是發現了寶物，全神貫注的打量著它們，然後盯著貼在店門上的一張紙看。

「『鮮鮮乳酪蛋糕』新上市！」那張紙上這麼寫著。

仙司心跳加速。他平時不怎麼愛吃乳酪蛋糕，但是看了那張紙後，竟然覺得「那是我的蛋糕！」所以他很想買，無論如何他一定要買到。

仙司走進柑仔店，店內還有更多零食和玩具，但他已經決定要買「鮮鮮乳酪蛋糕」，所以對其他商品不屑一顧。

「請問有人在嗎？」

「來了來了，請稍候。」

仙司聽到有人回答，然後看到一個高大的女人從後方的房間探頭張望。那個女人看起來比仙司更高，身材也是仙司的一倍，但是她並不肥胖，而是很魁梧，整個人散發出很強的氣場。雖然她頂著一頭白髮，皮膚卻像陶瓷般光滑細膩，穿著一身紫紅色的和服，頭髮上插了很多玻璃珠髮簪，那副打扮很適合她。她的右手拿了一個貓咪圖案的馬克杯，左手拿著吃到一半的甜甜圈。

她看到仙司，驚慌失措的說：

「啊，原來是客人。我真是太失禮了，請稍等一下。」

福

老闆娘說完，又退回房間，再回到店裡時，她手上的馬克杯和甜甜圈已經不見了。

「剛才真是失禮了，因為剛好是吃點心的時間。呵呵，我很愛吃甜甜圈，每次只要吃一個，就會忍不住再吃一個。」

「這、這樣啊。」

「啊，真的很抱歉，就當我是自言自語。咳咳，歡迎來到『錢天堂』，請問你想要什麼？」

「我想要買那張紙上寫的『鮮鮮乳酪蛋糕』。」

「咦？你想要買『鮮鮮乳酪蛋糕』啊，哎呀哎呀，沒問題，我馬上拿給你。」

她說完話，快步走到放在角落的小冰箱前，從裡面拿了什麼東西後又走回來。

「給你，這就是『鮮鮮乳酪蛋糕』。」

那個甜點看起來像是布丁，裝在白色的塑膠杯裡。杯子附有蓋子，上面用閃亮的黃色文字寫著「鮮鮮乳酪蛋糕」。

仙司忍不住吞著口水。他看到「鮮鮮乳酪蛋糕」後更加確定，他無論如何都要買到這個點心。

「請問多少錢？」

「一元。」

「一、一元？真便宜。」

「是的，今天『錢天堂』的所有商品都是一元，但是必須用帶著幸運密碼的一元硬幣支付，也就是昭和六十一年的一元硬幣。」

「昭和六十一年的？」

「對，今天本店不收其他年分的硬幣。」

老闆娘說的話太奇怪了，她可能是在蒐集硬幣吧。

仙司這麼想著，在皮夾裡翻找起來……

找到了。他幸運的找到了老闆娘想要的昭和六十一年一元硬幣，這下子可以買「鮮鮮乳酪蛋糕」了。仙司鬆了一口氣，把一元硬幣遞給老闆娘。

「好的好的，這的確就是今天的幸運寶物，那『鮮鮮乳酪蛋糕』就是你的了。蓋子的背面有湯匙，記得務必要用這個湯匙食用。」

「好，謝謝。」

仙司終於買到了自己夢寐以求的東西，根本沒有仔細聽老闆娘說話。

他在不知不覺中走出了柑仔店，當他回過神時，發現自己已經回到了家門口。他差一點以為自己剛才做了白日夢，但是他的手上的確拿著「鮮鮮乳酪蛋糕」。

「太好了！」

他不知道「鮮鮮乳酪蛋糕」為什麼這麼吸引自己，但他很想趕快吃。

他探頭向屋內張望，發現家裡靜悄悄的，太太似乎是出門了。回來得早不如回來得巧，仙司立刻走去廚房，坐在餐桌旁，打開了「鮮鮮乳酪蛋糕」的蓋子。

「喔！看起來很好吃啊！」

裝在塑膠杯中的乳酪蛋糕是蜂蜜的顏色，而且質地看起來很軟嫩，在杯子內微微晃動，令人食指大動，一看就知道很好吃，他越來越想趕快嚐一嚐。

柑仔店老闆娘說得沒錯，蓋子背面的確附了一個透明的塑膠小湯匙，但是仙司一看到那個湯匙，立刻皺起了眉頭。他向來很討厭在便利商店買東西附送的塑膠湯匙和叉子，用這種便宜貨吃東西，會連食物都變得難吃。難得買到了「鮮鮮乳酪蛋糕」，如果使用這種湯匙，根本是暴殄天物，會遭到懲罰的。

他立刻從碗櫃裡拿出自己平時使用的湯匙。

「開動了！」

「滋嚕噗嚕。」仙司吃了一口，馬上發出讚嘆。怎麼會有口感這麼軟嫩滑順的乳酪蛋糕！簡直就像是高級的蠶絲，在舌尖上優雅的散開，再舒服的滑入喉嚨深處。乳酪豐富的香氣和恰到好處的甜味，簡直令人欲罷不能。

仙司幾乎是狼吞虎嚥，一下子就把蛋糕吃完了。

他發現杯子角落還剩下一小塊乳酪蛋糕，覺得不吃太可惜，於是用湯匙拚命想要刮下來。

就在這時，「我回來了。」太太回家了。

仙司很失望。他原本期待太太出門一陣子就會消氣，沒想到太太仍然怒目圓睜。

事到如今，只能說些好話來取悅太太了。

仙司看著太太，思考自己該說什麼貼心的話。但是太太脖子上的項鍊突然發出了亮光，讓他吃了一驚。

「啊，咦？」仙司用力揉著雙眼，但是項鍊依然在發亮。

太太以前就很喜愛的這條項鍊，發出了閃亮美麗的金色光芒，好像雪花一樣。

仙司忍不住伸出手，想要抓住項鍊發出的光芒。因為他的舉動太過突然，太太嚇得驚叫起來。

「喂！你想幹麼？」

「啊？喔，對不起，我發現項鍊……好像在發光。這條項鍊你一直都戴在脖子上，該不會是高級貨吧？」

「哎喲，你終於識貨了？對啊，這是我奶奶留給我的，這些琥珀是不是很美？」

「原來這是琥珀啊，我還以為是塑膠呢。」

「哼，我並不意外，因為你根本沒有眼光。」

聽到太太的嘲諷，仙司只好摸著鼻子走開了。

討好太太的計畫失敗了。但是，太太的項鍊為什麼會閃閃發亮？他覺得自己的眼睛可能出了問題，但這到底是怎麼回事？

仙司納悶的走回自己房間，房間內堆滿了他之前買的古董。他在購買時，都覺得「這一定是寶物」，所以至今仍然捨不得丟掉。

在這堆破爛中，有一樣東西發出了金色的光芒。

仙司倒吸了一口氣，朝著亮光走過去。原來是他最初買的小盤子，綻放出宛如砂金般閃亮亮的光芒。

「剛才看到項鍊發光，現在又看到盤子發光？這、這到底是怎麼回事？」

仙司很驚訝，但他突然想到一件事。

「不會吧？」

仙司想到了一個可能性，於是拿出還沒有丟的「鮮鮮乳酪蛋糕」空杯子檢查了一下，發現杯底貼了一張小貼紙，上面寫滿了小得好像沙子般的字。

仙司用放大鏡看了貼紙上寫的字。

只要吃了「鮮鮮乳酪蛋糕」，就會看到有價值的東西發光！很適合想要尋找鮮少稀有寶物的人。只要記得一件事，看到的光越強烈，就代表東西越有價值。

雖然後面還寫了其他內容，但是仙司覺得自己已經看夠了，於是放下手上的放大鏡。他興奮得想跳起舞來。

「太厲害了！只要具備這種能力，一眼就可以看出什麼東西有價值，這表示我也有鑑賞古董的能力。」

以後不需要記那些複雜的陶器名字、書法家簽名的特色，或是繪畫的特徵了，只要看一眼，就可以分辨真假，以及有沒有價值。從此以後，他再也不會買到假貨，也不會再被太太罵：「又買這種破爛回來！」

仙司愉快的哼著歌，再次打量那堆他買回來的「古董」。沒有任何東西發光，意味著這些東西都是破爛。

「不過，我以後再也不會買到假貨了。」

他已經吃了「鮮鮮乳酪蛋糕」，以後要不斷挖掘鮮少稀有的寶物。沒錯，可以把低價買入的古董轉賣給其他收藏家，順利的話，就可以從中賺錢，到時候太太就不會再責怪自己「整天浪費錢」了。

仙司越想越開心，覺得自己走路也有風。

那個週末，仙司去了之前從來沒有去過的古董店。他太太說：「我不能再讓你繼續買一些像是破爛的東西回家，所以我要好好看著你，避免這種情況再發生。」堅持要陪他一起逛。

真是求之不得！仙司在內心偷笑。今天他要讓太太大吃一驚，對自己刮目相看。

那家古董店小有規模，店內的商品也五花八門，從老物件、以前的首飾，到大型家具和壯觀的罈甕，一應俱全，應有盡有。真不愧是古董店，幾乎所有的東西都綻放出光芒，放在後方展示櫃內的日本刀，發出的光芒尤其強烈，幾乎刺得他眼睛都痛了。

仙司目不轉睛的看著那把日本刀，但是太太用手肘碰了碰他警告說：

「喂，你在看什麼？你知道這把刀要多少錢嗎？你絕對不可以買。」

「我、我知道啦，我不會買，只是覺得這把刀很有價值。」

站在一旁的老闆聽到了仙司的辯解，笑了笑說：

「哦？沒想到你竟然了解這把刀的價值，看來你對古董很內行。」

「才沒有呢！」仙司還來不及回答，他太太就搶先對老闆說：

「他只是喜歡古董，而且很不識貨，總是亂買亂玩，整天買一些奇怪的破爛回家，結果發現都是假貨，很令人失望。沒想到他竟然不懂得汲取教訓，還樂此不疲。」

太太瞪著仙司，仙司忍不住瞪了回去。

「我以後不會再亂買了，我和以前不一樣了。」

「哦？哪裡不一樣？」

「我向你保證，以後不會再亂買，只會買真正有價值的東西，比方說，嗯……」

仙司打量了店內，緩緩的開口：

「如果我可以想買什麼就買什麼，那我絕對要買這把日本刀，還有那裡的時鐘，以及那個髮簪也是難得一見的好貨。」

「什麼？真受不了你，你還是只想買自己中意的東西啊？光是聽你說想買那個舊時鐘，就知道你眼光有問題。」太太瞪著他說。

但是老闆語帶佩服的說：

「不，這位太太，你先生的眼光很好，他剛才說的商品，在本店也都是最有價值的古董。」

「什麼？是、是嗎？」

「對，那個時鐘和髮簪都很珍貴，是收藏家垂涎三尺的珍品。哎呀，我真是太佩服了。這位先生，你真的非常有眼光，啊，對了，今天剛好在附近的公園有古董市集，你們可以去逛一逛，也許可以在那裡挖到寶。」

老闆說完，遞給仙司一張古董市集的宣傳單。

仙司繼續在店內逛了一下，最後他什麼都沒買，因為這家店的商品價格都很貴。

不過他至少讓太太對自己刮目相看了，所以當仙司說「機會難得，我想去老闆說的古董市集看看」時，太太也沒有反對。

當他們來到公園時，市集上已經擠滿了人，而且賣家在公園內鋪了許多草蓆和野餐墊，上面放著二手衣、二手包，以及小型家具和首飾。雖然有一些老物件和古董，但大部分都是可以拿去二手店的衣服和玩具。

仙司的腦海中浮現了「良莠不齊」這幾個字，意思就是「好壞參差在一起，素質不一」，眼前的情況完全符合這四個字。這裡大部分的東西都是破爛，所以必須在這堆破爛中發掘寶物。

「『鮮鮮乳酪蛋糕』，拜託了！」

仙司和太太一起逛古董市集時，在內心祈禱著。

雖然他有看到幾件發光的東西，但是光芒都很小、很弱。心不甘情不願跟著他逛了半天的太太，很快就失去了興趣，去逛古董市集後方的盆栽市集。

怎麼辦？今天只能放棄了嗎？如果就這樣放棄，太太可能又會說：「古董都沒有什麼好東西，我勸你還是趁早放棄。」為了避免這種情況發生，無論如何都必須買一件有價值的物品。

就在這時，仙司終於發現遠處閃著強烈的金色光芒。他心情激動，急急忙忙大步走了過去。

原來是一個小型人偶綻放出光芒，那個西洋人偶的臉和手腳都是陶瓷做的，穿著藍色晚禮服，但是手上有一道小裂痕，晚禮服也很破。雖然人偶身上貼的手寫標籤寫著「一百元」，但是仙司覺得這個人偶即使免費送他，他也不想要。

雖然人偶很破舊，但它全身散發出鑽石一般的光芒。

¥100

它真的這麼有價值嗎？仙司雖然很懷疑，但最後決定相信「鮮乳酪蛋糕」的力量，放手一搏。

買完人偶之後，仙司和去逛盆栽市集的太太會合。太太正在看仙客來的盆栽，她一看到仙司，立刻露出警戒的表情。

「你是不是買了什麼？」

「嗯，我買了這個……」

太太一看到人偶，立刻露出驚訝的表情，仙司急忙辯解：

「雖、雖然看起來有點髒，但我覺得很不錯，而且你也喜歡古董玩具，所以我就買了。呃……如果你不喜歡，我可以賣給別人，沒問題。」

「我們趕快回家。」

「啊？」

「我們趕快回去車上。」

太太拉著仙司的手臂回到車上，說了聲：「人偶給我看一下。」就把人偶搶了過去，開始檢查晚禮服的內側和人偶的脖子。她的手漸漸顫抖起來。

「喂喂喂，你沒事吧？」

「我、我沒事，只是有點驚訝。老公，這個人偶很值錢，是可以放在博物館展示的等級。」

「什麼！」

「你不是也知道，我對古董人偶很有研究嗎？這個人偶是法國知名工房製作的，是限量商品，總共只有一百個。你看，人偶的腰部有工房的徽章，還有編號，這絕對是真品。」

「所以，如果把它賣給別人，就可以大賺一筆嗎？」

「當然啊。啊啊啊！我簡直不敢相信，沒想到這麼不起眼的古董市集，竟然有這個人偶。如果是我，有可能會錯過。老公，你太厲害，太了不起了！」太太語帶欽佩的說。

仙司鼓起勇氣問：

「那、那這樣的話，我以後還可以買古董嗎？」

「嗯，」太太想了一下，然後說，「不如這樣，你之前不是一直說想去參加『寶物鑑定』這個節目嗎？你去參加這個節目，如果可以晉級到冠軍賽，以後就可以繼續買古董。」

仙司聽了，覺得太太的建議簡直正中下懷。

「好！我一定會得到冠軍給你看。」

「哎喲，你的口氣真大啊！好，如果你真的獲得冠軍，我就請你去高級餐廳吃飯慶祝。」

「既然你這麼說，那我就全力以赴。」

於是，仙司決定報名參加「寶物鑑定」這個節目，最後也如願獲選了。

節目錄影當天，仙司心情緊張的前往電視臺的攝影棚。

「沒問題，我有『鮮鮮乳酪蛋糕』的加持，絕對不會有問題。上次找到人偶之後，我又試了好幾次，從來沒有失敗過，今天也一定會很順利。」

仙司走進攝影棚時，這麼告訴自己。

終於開始錄影了。諧星主持人用生動有趣的方式介紹節目和來賓，之後就立刻請來賓開始鑑定寶物。

「各位來賓，今天準備了兩個髮簪，請各位鑑定到底哪一個髮簪的價格更昂貴？讓我們期待挑戰者的眼力！」

仙司看了製作單位準備的髮簪。其中一個是撒了閃亮亮銀粉的黑色漆器髮簪，另一個則是鑲了小珊瑚珠的銀製髮簪。

其他參賽者紛紛拿起髮簪，研究了老半天，但是仙司完全不需要做這種事，因為黑色漆器髮簪散發出璀璨的光芒。

下一題的掛軸，和第三題的陶器鑑定，仙司也輕鬆過關。

他終於進入了冠軍賽。原本十名挑戰者只剩下兩名，除了仙司以外，還有另一位大叔。

仙司不時偷瞄對方，覺得那位大叔是不好對付的競爭對手。那位大叔始終鎮定自若，看起來也很博學多聞，聽說是某所大學的考古學教授。

絕對不能輸！仙司握緊了拳頭。

最後一題，要將五件古董按照價格高低排列。仙司看了這個節目多年，很少有挑戰者能夠答對這一題，因為和二選一相比，這一題的難度增加了好幾倍。

但是仙司也輕鬆答對了這一題，因為他只要按照光芒的大小排列就好，所以非常簡單。

由於另一名挑戰者答錯了，所以仙司獲得了冠軍。仙司在眾人的掌聲和喝采聲中，接過冠軍的獎金十萬元，沉浸在幸福和滿足之中。

「啊，簡直太完美了！」仙司心想。

那天晚上，太太如約請他到高級牛排店吃飯慶祝。仙司餓壞了，有生以來第一次吃還滴著血的三分熟牛排，他大快朵頤，吃得差點撐破肚皮。

但是在當天半夜，仙司肚子突然痛得不得了，最後被救護車送去了醫院，醫生診斷為食物中毒。

陪仙司一起去醫院的太太忍不住感到納悶。

「太奇怪了，我還以為你是吃太多，撐壞了肚子。如果是食物中毒，我和你一起吃飯，應該也會有相同的症狀。你是不是背著我偷吃了奇怪的東西？」

「我、我沒有吃……嗚呃、嗚呃！」

仙司痛得打滾，發出了呻吟。他渾身冒汗，腦袋昏沉，只能嘆著氣問：「我為什麼會這麼倒霉？」

但是，事情並沒有結束。

那天之後，仙司經常發生食物中毒，只要吃到生魚片、生蠔、鮮奶油這類沒有煮熟的食物，肚子就會開始絞痛，從此之後，除了煮熟的食物以外，他都嚇得不敢吃。

仙司對此百思不解。

「太奇怪了，我以前從來沒有食物中毒過。好痛、好痛。太可惡了，難道這也和『鮮鮮乳酪蛋糕』有關嗎？對了『鮮』這個字，除了代表『鮮少』，還有『生鮮』的意思，難道是這個原因，才害我一吃生食就會食物中毒嗎？我完全不知道竟然會有這種副作用。」

但是，仙司忘記了，「錢天堂」的老闆娘紅子，曾經告誡他一定要用「鮮鮮乳酪蛋糕」附贈的湯匙食用。

而且，在杯底說明書的最後，也清楚寫了以下的內容：

食用時，一定要使用附贈的湯匙，否則以後吃生食就會食物中毒。

甘粕仙司，六十六歲的男人，昭和六十一年的一元硬幣。

7 炫耀餅乾

太不爽了！美沙子今天也對神田川千春感到很生氣。

千春和美沙子是住在同一條街上的家庭主婦，兩個人不僅年紀相同，她們的孩子也讀同一所幼兒園。照理說，兩人應該可以成為好朋友，但不知道為什麼，美沙子看到千春的第一眼，就很討厭她。

千春總是面帶微笑，整個人散發出柔和的感覺，而且很健談，很多媽媽都是她的好朋友，每天的生活似乎過得很開心。

然而，美沙子個性剛烈，自尊心也很強，所以沒什麼朋友。這不能怪別人，因為美沙子每次一開口就是炫耀，不是說她老公在一流企業上班，就是向別人炫耀之前全家一起去哪裡旅行，別人當然都不想聽她說話。

很可惜，美沙子自己並沒有意識到這件事，反而認為別人不理她，是因為千春不讓其他人和她當朋友，所以對千春越來越有成見。

「真希望千春羨慕我，只要千春羨慕我，其他人也會覺得我很厲害。」美沙子心想。

於是，美沙子讓兒子去學很多才藝，自己穿的鞋子、拎的包也非名牌不可，並且老是向別人炫耀。

然而，這一切的努力都無法奏效，千春雖然會面帶笑容說：「好厲害」、「哇，好漂亮」，但她的眼神中完全沒有嫉妒，這件事又讓美沙子感到很生氣。

「太討厭了，太讓人生氣了。他們家的房子比我們小，她老公賺的錢絕對比我老公少，她為什麼看起來那麼幸福！」

美沙子越想越氣，甚至開始討厭千春的女兒。幼兒園的老師經常說美沙子的兒子勇太很調皮，卻整天稱讚千春的女兒「善良溫和，很會照顧其他小朋友」。

「我家勇太只是太活潑了，上次會咬健介，是因為健介挑釁勇太；還有上次勇太推澄鈴，也是因為澄鈴不肯把玩具借給他，老師都說是勇太的錯，勇太真是太可憐了。」這一切都是千春和千春的女兒造成的。美沙子對她們母女恨得牙癢癢。

「只要千春發自內心羨慕我，我的心情就不會這麼差了。」美沙子整天想著這些事，然後發現差不多該去幼兒園接勇太回家了。她今天也化了美美的妝，換上一件名牌洋裝，並戴上項鍊和耳環等全套的首飾。

好，髮型也很不錯。在所有去接孩子的媽媽中，自己絕對是最漂亮的那個，今天也不例外。美沙子精心打扮，看起來完全不像只是去幼兒園接兒子。她帶著出征上戰場般的心情走出了家門。

「看我啊，羨慕我啊。」美沙子走在街上時，在心中對走在路上的行人、牽著狗散步的人吶喊。

然後——

不知道是怎麼回事，她竟然走進了一條陌生的巷子深處。

眼前有一家不大的柑仔店，掛著「錢天堂」的招牌，無論是外觀，還是整家店的氣氛，看起來都很老舊。

「這種店賣的零食應該落伍又窮酸。」美沙子這麼想著，想直接掉頭就走，卻發現自己的兩條腿不聽使喚，站在店門口無法離開。

這是怎麼回事？為什麼這家店的零食這麼吸引人，讓人感到興奮不已？原來這就是別人說的「無法移開視線」。

美沙子看到高級甜點時，也不曾感受過這麼強烈的吸引力。她對此感到有點不知所措，這時，老闆娘從店裡走了出來。

老闆娘身材高大，而且身高很驚人，她穿了一件紫紅色和服，一頭白髮很有光澤，肌膚也光滑細緻，身上所有的一切都很吸睛，而且全身散發出很強的氣場。

美沙子一看到老闆娘，就覺得「好羨慕」。如果自己也有這麼強的氣場，別人就不會不理自己了。一旦成為眾人矚目的焦點，每天的心情都會很愉快。

美沙子心生嫉妒，忍不住瞪著老闆娘，但是老闆娘似乎完全不在意，反而對她露出了親切的笑容。

「歡迎光臨，今天的幸運客人。來來來，不要站在門口，進來看看吧。」

老闆娘響亮的聲音，充滿了讓人服從的力量。

美沙子忘了自己要去幼兒園接兒子，順從的走進店內。裡頭到

處都是零食和玩具。

美沙子東張西望，打量著店內。老闆娘微笑著對她說：

「請問你的心願是什麼？只要告訴我，我會為你介紹可以實現願望的商品。任何願望都沒有關係，請儘管說。」

老闆娘這次的聲音甜如蜜，滲進了美沙子的心裡，所以她情不自禁說出了從來沒有告訴過任何人的真心話。

「我很討厭一個人，她簡直就是我的眼中釘……希望她會羨慕我。只要她羨慕我，我的心情就會很好。不會吧，我、我竟然說了這種話……」

美沙子說到這裡，捂住了自己的嘴。老闆娘目不轉睛的看著她，美沙子覺得老闆娘的眼神好像貫穿了自己的身體。

這時，老闆娘點了點頭說：

「原來是這樣，那這款商品很適合你。」

老闆娘說完，遞給她一個白色長方形的小盒子。盒子上畫了一隻漂亮的孔雀，簡直太迷人了，還用祖母綠色的字體寫著「炫耀餅乾」，每個字看起來都閃閃發亮。

美沙子忍不住倒吸了一口氣，老闆娘露出嫵媚的笑容說：

「雖然本店也有讓人具有女王風範的『女王馬芬蛋糕』，但我認為這款『炫耀餅乾』更適合你。只要吃了這種餅乾，就可以像孔雀一樣受到眾人矚目，而且令人羨慕。還是你想要找其他零食呢？」

「不，我就要這個。」

美沙子迫不及待的回答。除此之外，她想不到其他該說的話。

「炫耀餅乾！我想要！」美沙子心想。

她就像發現了獵物的母獅子，雙眼發亮。老闆娘對她說：「炫耀餅乾的價格是五元，請用昭和六十年的五元硬幣支付，其他付款方式都不行。」

「我、我找找看。」

如果找不到昭和六十年的五元硬幣，她就要趁老闆娘不注意的時候，搶走「炫耀餅乾」，然後馬上逃走。

美沙子在皮夾中找錢時，腦海閃過了這個念頭。

幸好美沙子不需要成為搶匪，因為她的皮夾裡真的有一枚昭和六十年的五元硬幣。

「這是今天的幸運寶物。」老闆娘小聲嘀咕著，小心翼翼的接過了五元硬幣。

「很好、很好，非常好，那就請收下『炫耀餅乾』，謝謝惠顧。」

美沙子沒有回答，她一把搶過「炫耀餅乾」，緊緊抓住手上的盒子，心想：

「買到了！別人休想拿走，這個餅乾只屬於我！」

美沙子激動不已，呼吸也急促了起來。老闆娘靜靜的對她說：

「想要被人羨慕是很正常的心理，但也必須格外小心，因為受人羨慕並不一定代表幸福。」

但是，美沙子完全沒有聽到老闆娘說話，所以也沒有聽到老闆娘叮嚀她「請仔細閱讀說明書」這句話。

當她回過神時，發現自己獨自站在勇太幼兒園附近的公園內。

「我什麼時候……對了，我要去接勇太。」

但是，她一心想著手上的「炫耀餅乾」。

「我要看一下裡面到底是什麼，如果加了鮮奶油，就要先回家放進冰箱。」

美沙子找了各種理由，當場打開了「炫耀餅乾」的盒子。

盒子裡裝了一塊外形像孔雀羽毛的餅乾，上頭用糖霜點綴了漂亮的顏色，簡直就像真的孔雀羽毛。綠色富有光澤，藍色很鮮豔，還有濃烈的紅色和金色，美得令人心動不已。

勇太看到了，一定會搶著吃，但是這塊餅乾絕對不能給別人，因為「炫耀餅乾」是美沙子的。

於是，她決定趕快吃完餅乾，避免被別人搶走。

美沙子站在公園內，把「炫耀餅乾」放進嘴裡。雖然盒子裡只有一塊餅乾，吃完卻很有滿足感。那塊餅乾很厚，簡直就像德國麵包一樣富有嚼勁，麵糰中可能加了辛香料，帶有辛辣的香氣，味道富有層次。塗了厚厚一層的糖霜很扎實，甜味在嘴裡擴散。

吃完餅乾時，有一種好像吃了一大罐的飽足感。

美沙子心滿意足的吐了一口氣，才想到要去幼兒園接勇太。

她把「炫耀餅乾」的盒子丟進旁邊的垃圾桶，這樣勇太就不會知道自己獨吞了餅乾。然後，她急急忙忙的走去幼兒園。

這時，很多媽媽都聚集在幼兒園門口準備接孩子，以前大部分的媽媽只要看到美沙子，就會不知所措的把頭轉到一旁，或是向她打招呼後，就連忙和其他媽媽聊天，但是，今天的情況完全不一樣。那些媽媽驚訝的瞪大眼睛，快速走到美沙子面前。

轉眼之間，美沙子就被其他媽媽包圍了。美沙子大吃一驚，那些媽媽七嘴八舌的開口了。

「勇太媽媽，你這條項鍊是在哪裡買的？好美啊。」

「還有你的衣服，真好看啊。好羨慕你，我只適合穿牛仔褲，我真羨慕穿裙子很好看的人。」

「對了，我上次看到勇太的爸爸，他真帥啊，而且他不是在知名企業上班的菁英嗎？太羨慕你了。」

「真羨慕，太羨慕了！」大家紛紛對美沙子說出這句話。

美沙子很快就成為這些媽媽討論的焦點，大家都無法不注意到她，嘆著氣說很羨慕她。

美沙子既開心又滿足，陶醉在這種感覺之中。她聽著眾人的稱讚，覺得自己簡直就像是電影明星或是偶像。

這是不是「炫耀餅乾」的效果？雖然柑仔店的老闆娘說：「只要吃了這種餅乾，就可以受到眾人矚目，令人羨慕。」但沒想到真的有這樣的效果。啊啊啊，這一切簡直就像是在做夢。沒錯，這就是她夢寐以求的事情。

她沉醉在幸福的心情中，這時，千春正好迎面走來。

美沙子嚇了一跳，目不轉睛的看著千春。即使這樣看，她仍然覺得這個女人實在不怎麼樣。自己比她漂亮多了，無論身材還是服裝的品味也都比她出色，但是千春竟然能讓美沙子產生難以形容的挫敗感，她無法原諒千春。

美沙子露出挑釁的眼神。

「來啊，看看我啊，看看吃了『炫耀餅乾』的我，我想好好欣賞一下你會露出怎樣的表情？」美沙子心想。

千春一看到美沙子，立刻露出了之前從來不曾見過的表情。原本面帶笑容的親切表情，頓時變得醜陋卑劣，眼中冒出嫉妒的火花。美沙子看到她的表情變化，感到痛快不已。

千春走了過來，美沙子故意親切的向她打招呼。

「午安，愛梨媽媽。」

「午安，勇太媽媽。你的耳環真漂亮……你總是很時尚，我好羨慕你。」

千春充滿嫉妒的嘆了一口氣，美沙子終於覺得「我贏了！」

千春終於羨慕自己了。啊啊，真是太幸福了！這種心情真是太美好了！很好，很好，這樣很好，以後再也不需要對這個土裡土氣的女人感到心浮氣躁了。

美沙子為自己的勝利感到驕傲。

接下來的一段時間，一切都很順利，無論去到哪裡、見到誰，大家都會異口同聲的說，很羨慕美沙子。

這些話聽起來比蜂蜜更甜蜜，比音樂更悅耳動聽，這些稱讚的話百聽不厭，美沙子沉浸在這份美妙中。

然而千春的「羨慕」和別人不一樣，千春的羨慕眼神和聲音，總是讓美沙子樂不可支。

為什麼她總是那麼漂亮、那麼瀟灑？她總是品味出眾，氣質優雅，身上穿的、戴的都是自己根本買不起的高級貨。千春好希望自己能夠像她一樣。如果可以像她一樣，不知道該有多好？啊，好羨慕她啊！

美沙子完全了解千春內心的想法，所以更加開心。

但是有一天，美沙子像往常一樣送兒子去幼兒園，並像往常一樣想找千春說話，因為這樣就可以聽到千春說：「我好羨慕你。」

「愛梨媽媽，早安。」

美沙子露出燦爛的笑容，但在內心偷笑。

「不知道你今天會露出多沒出息的表情？趕快趕快，因為我最喜歡看你這樣的表情。」

沒想到，千春只是露出了淡淡的笑容，而且還是向日葵般開朗的表情。

「啊，勇太媽媽，早安。」

千春打招呼時，完全感受不到她內心的嫉妒。

美沙子很受打擊。「這是怎麼回事？怎麼會這樣？為什麼她眼中沒有冒出嫉妒的火花，對我說：『我好羡慕你？』這太奇怪了！」

美沙子拚命忍住內心的想法，決定炫耀自己剛買的鞋子。

「你看你看，這是薩魯曼新推出的鞋子，我有事先預購，昨天終於送到了。」

「哇，好漂亮的鞋子，你穿起來很好看。勇太媽媽，你總是時尚又美麗，我真是太崇拜你了。」

千春面帶微笑的稱讚美沙子。美沙子清楚的知道，雖然千春發自內心的稱讚她，卻一點都不羨慕她。

怎麼會發生這麼奇怪的事？原因到底是什麼？昨天之前，千春還和其他人一樣，這簡直就像恢復了以前的狀態。

美沙子雖然覺得很混亂，但還是努力想讓千春羨慕自己，可惜卻都失敗了。千春就像微風般化解了美沙子所有的攻擊，最後笑著揮了揮手說：「啊，我差不多該回家了，那就孩子放學時再見嘍。」

千春說完，就轉身離開了。

美沙子氣得發抖，但其他媽媽紛紛圍住了她。

「勇太媽媽，這不是薩魯曼新推出的鞋子嗎？」

「你好厲害！這不是很難買到嗎？」

「只有你才有辦法！太羨慕你了！」

「真的好羨慕啊。」

美沙子聽了大家的稱讚，才終於稍微打起了精神。原本以為「炫耀餅乾」的功用失效了，但似乎只有對千春無效，仍然能夠對其他人發揮作用。

無法打敗千春也無所謂。美沙子努力的告訴自己，對那些媽媽笑了笑說：

「謝謝，但是我反而比較羨慕愛梨媽媽。」

「啊？為什麼？」

「因為我也很想像她一樣，穿平價的衣服也很好看，這樣就不必整天都買昂貴的衣服了。」

美沙子充滿嘲諷的說，其他媽媽也紛紛點頭同意。

「對啊，勇太媽媽的確好像只適合穿很時尚的衣服。」

「你真的好棒喔，皮膚也很好，真羨慕你。」

「你可以去當模特兒，應該會很受歡迎，下次你可以去雜誌社應徵看看。」

美沙子聽到眾人的稱讚，心情越來越好。

「我怎麼可能當模特兒？不行啦，不行啦。」美沙子正想假謙虛一下，卻突然倒吸了一口氣，因為她發現其他人身上散發出漆黑的東西。

漆黑的東西像煙一樣裊裊升起，像蛇一樣扭動，然後撲了過來，好像想抓住美沙子。這些黑色的東西顯然對美沙子帶有敵意，美沙子可以感受到強烈的惡意向自己逼近。

「啊！」

美沙子的身體忍不住向後仰，其他媽媽依然笑著問：

「咦？你怎麼了？該不會有蟲子吧？」

「呵呵呵，你就連驚訝的表情也很可愛，好棒喔，好羨慕你啊！」

「真的太羨慕你了。」

那些媽媽每說一次羨慕，從她們體內冒出的的黑煙，就會像黑蛇一樣激烈搖晃，甚至發出吼叫聲。

那些媽媽雖然滿面笑容，但全身冒出像蛇一樣的黑煙，簡直就像是妖怪，太可怕了，令人毛骨悚然。

但是，其他人都沒有發現這件事，那些黑蛇似乎只有美沙子看得到。

「我、我該走了，要、要趕快回家。再見，改、改天見。」

美沙子渾身發抖，逃跑似的離開了幼兒園。

「到底是怎麼回事？今天所有的一切都不對勁，千春和其他人

都、都很奇怪。」

美沙子自言自語的走在回家的路上，鄰居開口向她打招呼。

「哎喲，園田太太，早安啊。」

美沙子忍不住目不轉睛的看著對方。鄰居太太是很普通的中年婦女，身上完全沒有冒出黑蛇。

美沙子暗自鬆了一口氣，也向鄰居太太打招呼。

「早安，今天的天氣很不錯。」

「對啊，你送勇太去幼兒園了嗎？」

「嗯，是啊。」

「這樣啊，真羨慕你有勇太這樣活潑的孩子。」

鄰居太太說出「羨慕」這兩個字的瞬間，她的身體竟也冒出了黑蛇。美沙子尖叫著跑走了，她一口氣衝進家裡，用力關上大門。

她鎖好門之後，絞盡腦汁思考著：「怎麼會這樣？到底是怎麼回事！難道是外星人入侵地球，把周圍的人都變成了妖怪嗎？不，不可能會有這種事。美沙子，鎮定，好好想一想。」

美沙子努力回想今天發生的事，終於發現了一個關鍵。

關鍵就在「羨慕」這兩個字，沒錯，任何人只要開口說出這兩個字，身體就會冒出黑蛇。但是，為什麼呢？之前大家整天都說

「羨慕」，也完全沒有發生任何狀況，為什麼今天會突然變成這樣？無論她怎麼想，都想不出其中的原因。在她左思右想煩惱之際，時間很快就過去了，又到了要去接勇太的時間。

「我不想去。」美沙子發自內心這麼想。因為一旦出門，她又會遇到很多人，只要有人說出「羨慕」這兩個字，美沙子就會看到他們身上冒出像黑蛇般的東西。太可怕了，她根本不敢見人，但又不能不去接兒子。

美沙子心驚膽戰的再度走去幼兒園，她沒有和任何人交談，就急急忙忙想要帶勇太回家。一路上，好幾個人叫住了她，對她說：

「勇太媽媽，你很精明能幹，真羨慕你啊。」或是「聽說勇太是桃子班裡長得最高的？太羨慕了。」

果然不出所料，黑蛇從這些人身上爬出來，把美沙子嚇得魂不附體。

「好可怕，好可怕，我想趕快回家。」

美沙子低著頭，拉著勇太快步走在回家的路上。

沒想到一回到家，才剛鬆了一口氣，勇太就小聲嘀咕：

「老師今天又罵我，叫我不能欺負同學，我覺得動不動就哭的傢伙才有問題。媽媽，你真好，不用每天去幼兒園上學……我真羨慕媽媽。」

美沙子看到勇太身上也竄出了黑蛇，忍不住發出尖叫。

如果美沙子當初有仔細看「炫耀餅乾」的包裝盒，應該就不會發生這種事，因為盒蓋的背面清楚寫了注意事項。

注意：吃了「炫耀餅乾」之後，絕對不能說「羨慕」別人，因為你是眾人羨慕的焦點，卻去羨慕別人，這根本違反了規定。一旦破壞了這個規定，就會清楚看到別人的嫉妒。請不要忘記，嫉妒很醜陋。

不過，先不管美沙子的事。為什麼「炫耀餅乾」的威力無法繼

續在千春身上奏效呢？難道是上天在開玩笑嗎？

不，其實這件事另有隱情。

要說明這件事，必須回到昨天下午。

昨天下午，千春無力的躺在家中的沙發上。她去幼兒園接了女兒，才回到家中不久，就感到身心俱疲。

「我又羨慕勇太的媽媽了。」

最近不知道是什麼原因，每次看到勇太媽媽，就會對她羨慕不已，每天都希望自己能夠像她一樣。

千春很討厭這樣的自己，她感到很痛苦，整天都很心煩，結果導致這一陣子都睡不好，吃東西也感到食不知味。

好累。想到明天又要去幼兒園接送愛梨，心情就很憂鬱。

雖然下午的點心時間快到了，她卻無法離開沙發站起來。女兒愛梨還在外面玩，在愛梨回來之前，她想再多休息一下。

千春什麼事都不想做，懶洋洋的躺在沙發上一動也不動。她漸漸產生了睡意，在不知不覺中昏昏欲睡。

她在半夢半醒中感受到愛梨的動靜。先是「啪答啪答」走在地板上的腳步聲，接著傳來打開又關上微波爐的聲音。

愛梨想要加熱什麼食物嗎？

不一會兒，就聽到了「叮」的聲音，空氣中傳來了誘人的香氣。千春從睡意中醒來，用力嗅聞。這是鬆餅的味道嗎？但是愛梨還不會做鬆餅啊。之前她曾經叮嚀過女兒，不可以自己使用瓦斯爐。

千春歪著頭感到納悶，聽到愛梨走向自己的腳步聲，然後輕輕搖了搖自己的身體。

「媽媽，媽媽，你醒一醒。」

「嗯……愛梨？」

「嗯，媽媽，我跟你說，有給你的點心，你趕快吃、趕快吃。」

愛梨說著，把一個盤子遞到千春面前。

盤子上放著一塊小鬆餅。鬆餅雖然不大，卻呈現漂亮的金黃色，而且冒著熱氣。放在鬆餅上的奶油正在慢慢融化，上面還淋了滿滿的楓糖，看起來美味無比。

「這是哪來的？」

「我為媽媽買的，你趕快吃、趕快吃。」

「你買的？錢呢？你哪來的錢？」

「等一下再告訴你，你先吃嘛。」

愛梨拚命催促，然後把叉子塞到千春手上。

千春再次注視著鬆餅。咕嚕，她忍不住吞了一口口水。

如果是平時，她一定會讓給愛梨。「愛梨，這是你買的，所以你自己吃。」不然她至少也會說，「謝謝你這麼有心，那我們一人一半。」

但是，她今天說不出這句話。

「好想吃。我必須吃掉這個鬆餅。」千春突然感覺飢餓難耐，她已經無法克制自己。

千春吃了起來，鬆餅實在太好吃了，她忍不住深受感動。

甜甜酥酥的口感太棒了，麵糰中還加了奶油和楓糖，每咬一口，美味就在嘴裡擴散。千春已經很久沒有感覺到食物的美味了。

千春忘我的吃了起來，當她回過神時，盤子裡的鬆餅已經被她吃得一乾二淨。

完了，至少應該留一口給愛梨才對。千春後悔不已，愛梨卻眉飛色舞的對她說：

「媽媽，怎麼樣？好吃嗎？」

「非常好吃，你是在哪裡買了這個鬆餅？」

「這不是鬆餅，是『置之不理蛋糕』。」

「『置之不理蛋糕』？」

「對啊。」愛梨點了點頭，「我剛才在院子裡看到一個又高又大的阿姨，她不知道是什麼時候走了進來，說可以賣零食給我。」

「零食？」

「嗯，那個阿姨說，她開了一家柑仔店，她的皮包裡有好多有趣的零食。她還問我有什麼心願，我就說希望媽媽可以打起精神，振作起來，結果她說這個零食適合媽媽，要我拿給你吃。」

「但是，你哪來的錢？你身上不是沒錢嗎？」

「不，我有錢，護身符的袋子裡有錢。就是之前禮奈表姐送我的那個護身符。」

「喔，她說在某家寺院拿到的護身符，裡面有錢？」

「嗯，我對那個柑仔店的阿姨說我身上沒錢，她就要我給她看那個護身符的袋子，結果裡面真的有五百元的硬幣，所以我就可以買『置之不理蛋糕』了。」

愛梨開心的說完，有點不安的看著千春說：

「我按照阿姨告訴我的方法，把『置之不理蛋糕』放在微波爐裡加熱三分鐘，然後把附的奶油放在上頭……所以媽媽，你振作起來了嗎？」

千春看著女兒認真的眼神，突然驚覺一件事。

「原來這孩子都看在眼裡，她知道我很羨慕勇太的媽媽，而且為

這件事煩惱不已。我自以為在孩子面前表現得和以前一樣，沒想到她居然察覺到了這件事，還為我感到擔心。」千春心想。

女兒的貼心讓她感動不已，所以千春用力的點了點頭說：

「嗯！我現在渾身是勁！」

千春並沒有說謊。不知道是不是因為吃了美味的零食，原本在她內心打轉的醜陋想法終於消失不見了。她現在心情很爽朗，即使見到勇太的媽媽，應該也不會對她感到羨慕不已了。那種人，只要不理她就好。

千春猛然從沙發上站了起來。

「好，愛梨，你的點心時間到了，媽媽為你做鬆餅好嗎？」

「嗯！」

「好，我要做一個特製鬆餅！」千春精神抖擻的走向廚房。

園田美沙子，三十三歲的女人，昭和六十年的五元硬幣。

神田川愛梨，五歲的女孩。特別客人。

番外篇　神祕的紙條

「嗯，這到底是怎麼回事？」

「錢天堂」的老闆娘坐在店內深處，目不轉睛的盯著一張小紙條，小紙條上清楚的寫著「錢天堂的紅子老闆娘親啟」。

紅子注視著紙條，想起剛才發生的事。

一個小女生說希望媽媽能打起精神，於是購買了「置之不理蛋糕」。那個小女生隨身攜帶的護身符裡，裝著今天的幸運寶物五百元

硬幣。

但是，紅子一看到那個護身符，就覺得不太對勁，因為之前有好幾個客人都拿著相同的護身符，而且裡面都裝了幸運寶物。

她這次決定看一下護身符的袋子，沒想到袋子裡除了硬幣，還有一張折得很小的紙條。

紅子發現紙條上寫著自己的名字之後，迅速把紙條抽了出來，然後把護身符還給剛才的小女生。現在，紅子坐在店裡仔細打量那張紙條。

「這顯然是寫給我的紙條，但是那個小女生看起來毫不知情……

嗯，光是這樣看，也看不出任何名堂，那就先打開看看，我想裡面一定寫了什麼內容。」

紅子喃喃自語，小心翼翼的打開了折起的紙條。

紙條上的字跡很潦草，但的確是寫給紅子的內容。上面寫著：

致

「錢天堂」的紅子老闆娘：

你的柑仔店正面臨重大危險，我想詳細向你說明，請你打這個電話和我聯絡。

○○○-○○○○-○○○○

S

敬上

寫紙條的人可能很匆忙，所以字寫得歪歪扭扭。

紅子再次陷入了思考。

「哎呀呀，越來越搞不清楚這是怎麼回事了。『錢天堂』有危險？這個S究竟是誰？真是太奇怪了，但是看起來不像是有人惡作劇。無論如何，我就打這個電話試試看。」

紅子說完，把手伸向旁邊那臺巨大的黑色電話……

神奇柑仔店14
炫耀餅乾的副作用

作　　者｜廣嶋玲子
插　　圖｜jyajya
譯　　者｜王蘊潔

責任編輯｜江乃欣
特約編輯｜葉依慈
封面設計｜蕭雅慧
電腦排版｜中原造像股份有限公司
行銷企劃｜葉怡伶、林思妤

天下雜誌群創辦人｜殷允芃
董事長兼執行長｜何琦瑜
媒體暨產品事業群
總 經 理｜游玉雪
副總經理｜林彥傑
總 編 輯｜林欣靜
行銷總監｜林育菁
主　　編｜李幼婷
版權主任｜何晨瑋、黃微真

出 版 者｜親子天下股份有限公司
地　　址｜臺北市104建國北路一段96號4樓
電　　話｜（02）2509-2800　傳真｜（02）2509-2462
網　　址｜www.parenting.com.tw
讀者服務專線｜（02）2662-0332　週一～週五：09:00~17:30
讀者服務傳真｜（02）2662-6048
客服信箱｜parenting@cw.com.tw
法律顧問｜臺英國際商務法律事務所・羅明通律師
製版印刷｜中原造像股份有限公司
總 經 銷｜大和圖書有限公司　電話：（02）8990-2588

出版日期｜2023年1月第一版第一次印行
　　　　　2024年1月第一版第十四次印行
定　　價｜330元
書　　號｜BKKCJ094P
ISBN｜978-626-305-353-3（平裝）

訂購服務
親子天下 Shopping｜shopping.parenting.com.tw
海外・大量訂購｜parenting@cw.com.tw
書香花園｜臺北市建國北路二段6巷11號　電話（02）2506-1635
劃撥帳號｜50331356　親子天下股份有限公司

國家圖書館出版品預行編目資料

神奇柑仔店14：炫耀餅乾的副作用／廣嶋玲子文；jyajya 圖；王蘊潔 譯. -- 第一版. -- 臺北市：親子天下股份有限公司, 2023.01
248面；17X21公分. --（樂讀456系列；94）
注音版
ISBN 978-626-305-353-3（平裝）

861.596　　111016582